D1722713

CHV

3,50 s—
440 1,

Christoph Meckel

Luis & Luis

Drei Erzählungen

Carl Hanser Verlag

1 2 3 4 5   16 15 14 13 12

ISBN 978-3-446-23986-9
© Carl Hanser Verlag München 2012
Alle Rechte vorbehalten
Satz: Satz für Satz. Barbara Reischmann, Leutkirch
Druck und Bindung: CPI – Ebner & Spiegel, Ulm
Printed in Germany

MIX
Papier aus verantwortungs-
vollen Quellen
FSC® C006701

LUIS & LUIS

Warum gehn wir zu Fuß?

Das kommt billiger.

Darauf antwortet Keiner nicht. Sie sind schweigend unterwegs.

Nach einer halben Stunde sagt er: An uns wird gespart, was!

Verlassen Sie sich drauf. Die sparen an uns.

Was passiert mit dem Geld.

Das weiß man nicht. Irgendwem gehört es. Der freut sich, dem geht es gut.

Irgendwer freut sich.

Und Einer sagt: Daß Sie zu Fuß gehn ist schon in Ordnung. Sie als Zweifelsfall. Für einen Zweifelsfall ist Zufußgehn immer noch eine faire Entscheidung. Aber ich – sehn Sie mal mich an. Bedenken Sie mal meine Lage. Ich bin eindeutig, so auch eingestuft, überhaupt kein Zweifel an meinem Fall, gab es auch nie. Ich geh zu Fuß, weil Sie zu Fuß laufen müssen. Zu Fuß laufen muß ich, nicht Sie. Wo ist da eine Gerechtigkeit. Daß an mir gespart wird, ist Skandal.

Sie können ja ein Fahrrad beantragen, sagt Keiner, und dann neben mir herfahren. Wir können uns abwechseln. Wenn Ihnen der Hintern durchgesessen ist, gehn Sie ganz gern ein paar Schritte zu Fuß, und ich fahre.

Das würde Ihnen passen!

Nehme ich an, ja.

Ich sage bloß: So ist der Mensch.

Na und? Wie soll er denn sonst sein.

Wie er sein soll? Blöde Frage –

Regen Sie sich nicht auf, sagt Keiner, und versucht, seine Stimme freundlich klingen zu lassen. Denken Sie an Ihre Leber.

Ich und mich aufregen! Von wegen meine Leber. Mir ist bloß nicht gerecht zumute, von Anfang an nicht. Was wir essen und trinken, kaufen wir mit dem eigenen Geld. Keine Spesen –

Und Keiner, nach einer Weile: Wie lange sind wir unterwegs?

Ziemlich.

Im Ernst, das zieht sich hin. Dauert so lange, daß die Erinnerung weg ist, jedenfalls bei mir.

Bei mir ist sie nicht weg.

Ja, bei Ihnen!

Ich erinnere mich, sagt Keiner, weiß aber nicht mehr, wann das war, wo es war. Da wurden wir von einem Lastwagen überholt, er fuhr langsam, eine Staubwolke nach der andern blieb zurück, das kann keine gute Straße gewesen sein. In den Staubwolken lag ein Mensch, der war am Lastwagen festgeseilt. Der wurde mit den Füßen voraus auf der Straße nachgezogen, durch die Schlaglöcher, dickes Seil.

Lebte der noch?

Und Keiner, nach ein paar Minuten: Glaube ich nicht.

Ich auch nicht, erinnere mich aber nur schwach.

Im Zweifelsfall lebt er noch.

Einer weniger, einer mehr.

Nach ein paar hundert oder tausend Schritten sagt Einer: So kann es auch mit Ihnen kommen.

Mit mir? Warum denn. Nie im Leben. Keiner lacht.

Wenn Sie mir abhaun –

Ich Ihnen abhaun, warum denn. Es liegt Ihnen näher, daß Sie die Nase voll haben von der Begleitung, Ihrem Job als Leibwächter, eines Morgens und Sie sind weg. Und mir wird unterstellt, Sie erschlagen, vergraben, ganz oder teilweise aufgefressen zu haben.

Wer sagt das.

Zunächst mal bloß ich –

Jedenfalls hab ich den Job, Sie hinzubringen. Sie haben keinen.

Anweisung heißt das.

Korrigieren Sie mich nicht. Egal wie es heißt –

Man sagt auch ORDER.

Maul halten.

Oder es handelt sich um einen Befehl.

Sie können nicht anders, was! Sie müssen stechen und prügeln, dabei fühlen Sie sich auf der Höhe.

Ich reagiere bloß.

Überempfindlich, das geht nicht, nicht bei Ihnen, nicht bei mir, geht überhaupt nicht.

Warum soll ich Sie korrigieren. Ich korrigiere auch nicht den Hund, wenn er bellt. Sagen Sie in Zukunft MEINE FRESSE! und ich habe nichts gehört.

Den Hund korrigieren, Ihr Wort!

Ich korrigiere ihn nicht.

Ich auch nicht. Aber irgendwer, irgendwann, irgendwo korrigiert den Hund, hat ihn schon korrigiert oder wird ihn korrigieren.

Ist das Ihr letztes Wort?

Warum.

Ihr vorletztes?

Nein, weniger.

Ich wette, wir kommen darauf zurück.

Es sind helle, trockene Tage im Sommer, aber der eine wie der andere merkt, daß die Wärme zu Ende geht. Gute Aussichten sind das nicht. Denn sie werden unterwegs sein, bis ihnen die Haare ausgefallen sind, kahler Kopf, kein Bart mehr, das wird mal eine Freude sein, Glatze polieren mit Fett. Keine Rasierklinge um die Schnauze und um die Falten.

Wenn Keiner aus der Lauferei eine Erfahrung gewonnen hat, eine Gewißheit, dann die, alle Hoffnung fahrenzulassen und nur noch zu laufen. In Amerika wären sie lang schon verhaftet worden – was denn, zwei Störfaktoren zu Fuß. Warum zu Fuß, gibt es nicht im Verkehr da draußen, im innerländischen Trafic. Zu Fuß, wo es hingehört, in die Fußgängerzone.

Die Tatsache, kein Fahrzeug zu haben, wird immer aussichtsloser. Man ist immer deutlich vorhanden in der schleppenden Fortbewegung, in der Verlangsamung, die sie beide immer sichtbarer verkörpern, wie wenige Leute als hauptsächliches Merkmal mit sich herumtragen. Schwer bewegliche Zielpunkte, wer auf sie schießt, wird treffen, man geht jede Wette ein.

Er, Keiner, war mal mit seinem Ford in Amerika unterwegs und fuhr durch Keepspounaa, Stadt mit zwanzigtausend Seelen, in Baracken und Containern abgepackt. Am Rand der Straße, Gehsteige gab es nicht, lief ein Chinese mit Sack auf der Schulter und winkte ihm entgegen, der Mund war aufgerissen, was er rief nicht zu verstehn, der Mensch war schlecht dran. Erst jetzt sah Keiner, daß dem Menschen ein Wagen der lokalen Polizei im Schrittempo folgte. Keiner hielt mit laufendem Motor, der Chinaboy stürzte zu ihm in den Wagen und rief: Weiter, Mann – fahr los! Losfahren, schnell!, während die Polizei dem Chinesen und ihm, seinem fremden Nummernschild folgte. Sie blieb bis zur Stadtgrenze hinter dem Ford, bog dann ab und verschwand zwischen Baracken. Draußen auf dem Land, es war Abend geworden, auf dem leeren Expressway, sprach der Chinese, unbekanntes Pidgin: daß er zu Fuß nach Keepspounaa gekommen, sofort von der Polizei verladen und für fünf Tage im lokalen Knast abgesetzt wurde, ohne Verhandlung, wegen Landstreicherei. Am sechsten Tag ließ man ihn laufen, gab ihm zwanzig Minuten, aus der Stadt zu verschwinden, der Polizeiwagen folgte ihm im Abstand von zehn Metern, und da kein Fahrzeug hielt und ihn mitnahm, kassierte man ihn an der Stadtgrenze und brachte ihn zurück in den Knast, für die doppelte Zeit, zehn Tage. Das Spiel wiederholte sich zweimal, endete zweimal mehr in demselben Gefängnis, kostete ihn zweiunddreißig Tage und wäre weitergegangen, hätte Keiner ihn nicht aus der Stadt gefahren.

Der Mensch, der Chinese war Koch in der Bronx, danach drei Monate ohne Adresse verschwunden, und besaß keinen Penny mehr.

Immerhin, im Knast hat er keinen Hunger gehabt.

Wissen Sie, was ein Gefängnis ist?

Einer gab keine Antwort.

In der Nacht, sagte Keiner, regnete es auf dem ganzen Kontinent, mehr Regen als Luft, alle Pisten unter Wasser, Aquaplaning total. Das kann niemand korrigieren, weil es stimmte, und es stimmt heute noch. Wenn ich das in zehn Jahren erzähle, stimmt es in zehn Jahren immer noch. Wassersuppe, der Chinese war froh, im Trocknen zu sitzen und weiter gefahren zu werden. Keiner fuhr langsam, weil der Scheibenwischer mit dem Wasser nicht fertig wurde. Der Mensch hatte seinen Namen nicht genannt.

Und Sie? Was haben Sie mit Ihrem Namen gemacht?

Dasselbe. Nicht gesagt. Man hatte fünfhundert Meilen weit keinen Grund, sich mit Namen vorzustellen.

Ob ich oder sonstwer Ihren Namen weiß, sagte Einer, oder nicht weiß, ist egal.

Mir ist Ihr Name auch egal, er kann jedem egal sein, jedem Hund, jedem Stinktier.

Der einzige, der Ihren Namen kennt, sind Sie.

Meinen Sie mich?

Ganz unpersönlich gesagt –

Jedenfalls wird einiges unternommen, Sie und Ihren Namen zusammenzubringen.

Na sehn Sie! Kein Grund, in der Wassersuppe zu ersaufen.

Ich sage: das ist der Mensch in seinem Wahn.

Der Mensch, genau.

Was wurde aus dem Chinesen.

Er hatte keinen Penny mehr, ich besaß noch vier Dollars. Davon gab ich ihm zwei, aber die wollte er nicht, er wollte einen. Er sagte: Ein Dollar ist mehr als zwei. Wenn du willst, gib mir einen. Ich gab ihm den Dollar. An irgendeiner Junction kletterte er aus dem Wagen, stand in einer Pfütze und winkte, der Regen hatte aufgehört.

Ich hätte zwei Dollars eingesteckt.

Sie hätten sie eingesteckt, keine Frage, Herr Einer.

Warum erzählen Sie das.

Es ist eine von mehreren Geschichten, die ich habe.

Und warum mir?

Sie sind der einzige, sonst keiner da.

Enorm. Haben Sie noch eine Geschichte speziell für mich?

Eimerweise. Ich spreche von Mülleimern.

Auf Abfälle reagiere ich nicht.

Und ich habe keine Lust, meine Abfälle loszuwerden. Ich habe den Koch nicht vergessen, weil er nur einen Dollar wollte.

Eine Wüste Stein, eine Wüste Staub, eine Wüste Wasser – über die Welt verteilt und ohne Namen.

Was heißt das.

Nichts. Es ist ein Satz. Das Besondere an ihm ist, daß er nichts bedeutet, erfunden von mir oder nicht erfunden. Was halten Sie davon, Herr Einer?

Lassen Sie mich nachdenken. Eine Wüste Stein –

Bravo! Sie haben den Anfang vom Satz nicht vergessen.

Eine Wüste – was war das nächste?

Staub.

Wüste Staub? Das klingt stark.

Gras wäre anschaulicher, lebendiger, aber macht nichts.

Dann kommt noch das Wasser –

Nach dem Wasser heißt es: über die Welt verteilt und ohne Namen.

Einer war böse geworden. Eine Gedächtnisübung?

Weder noch. Ich meine, es handelt sich nicht um Lernmaterial.

Davon verstehe ich nichts.

Ich auch nicht. Ich wollte sagen: So ein Satz kommt aus der Gangart. Und ich will sagen: So geht das Gehen nicht weiter, so geht es nicht weiter mit uns. Wir brauchen ein Fahrzeug.

Ich denke seit Wochen nichts andres: Fahrzeug!

Haben Sie einen Führerschein?

Den habe ich, aber nicht bei mir. Er liegt vermutlich in einer Kaffeebüchse, in der Speisekammer einer Dame, aber nicht hier, nicht in der Nähe, unerreichbar gewissermaßen.

Mein Papier, mein Dokument, die diesbezügliche Unterlage, die ich natürlich besitze – Kaffeebüchse, sie ist weg.

Was hindert uns daran, sagte Einer nach einer Weile, es ohne Dokument zu versuchen. Aber Sie fahren!

Warum ich! Wir wechseln ab.

Oho! rief Keiner. Sie sind für mich verantwortlich, vergessen Sie das nicht. Sie sorgen dafür, daß ich weiterkomme, ohne Einbußen, ohne Verluste, mein Freund!

Sie legten zusammen, zu ungefähr gleichen Teilen, und beschafften sich ein Fahrzeug im Gebrauchtwagenhandel. Kein Mensch erkundigte sich nach Dokumenten, IHRE PAPIERE BITTE kam nicht vor. Von diesem Tag an besaßen sie einen alten BMW der gewöhnlichen Verbraucherklasse, mit beglaubigtem Nummernschild, echten Fahrzeugpapieren, wie betont worden war. Die seriösere Person von beiden, der tonangebende Käufer, der Vorzeigemensch war Einer mit seinem Job und den ganzen Papieren, die Rolle behagte ihm nicht. Aber zunächst mal gut, sie hatten bezahlt. Für eine gewisse Zeit konnten sie damit rechnen, ihr Fortkommen in zeitgemäßer Weise zu beschleunigen und zu erleichtern. Es machte einen ganz anderen Eindruck, wenn man im Wagen, der kein Mietwagen war, bei der Adresse des Identifikators vorfuhr. Der eigene Wagen hatte auch den Vorteil, daß man in ihm übernachten konnte, eng eingerollt, aber trocken und ungefähr warm.

Lag es daran, daß sie in der erreichbaren Welt, ihren zivilisierten Teilen, weit, immer weiter herumgekommen waren, oder daran, daß sie dem Zufall gefolgt und aus einer möglichen in eine falsche Richtung fortgewechselt waren – es ließ sich nicht übersehen, daß die Straßen enger und schlechter wurden, und die Abzweigungen, Checkpoints, Kreuzungen immer seltener beschriftet waren. Wieviele Stützpunkte des Identifikators gab es. Kaum anzunehmen, daß man an allen vorbeifuhr. Wenn nicht das eine Center, dann das andre, oder eine Filiale, von Robotern besetzte Außenstelle, eine computerbetriebene Dependance – irgendwas in der Art mußte vorhanden und also zu finden sein.

Von dem, was IDENTIFIKATOR hieß – es schien nur diese Bezeichnung zu geben –, hatten sie, wie jedermensch, keine Vorstellung. Wieviele Identifikatoren gab es. Waren sie identisch, einander ähnlich oder unähnlich. War das eine Hierarchie von Einrichtungen, eine Maschinenhalle, ein Komplex von Verwaltungsgebäuden, ein Computerzentrum ungeheuren Ausmaßes, ein Automat in der Größe des Eiffelturms, klein wie ein Elektrokasten an der Straßenecke. Irgendwas Ambulantes, Transportables, ein unbekanntes Riesenfahrzeug ohne Nummernschilder und Aufschriften, wie die schweren, dunklen Großtransporter auf den Schnellstraßen?

Ich sehe das anders, sagte Einer.

Man wird das Ding oder Unding nie zu Gesicht bekommen. Aber man wird von ihm gestellt werden, überraschend, auf offener Strecke. Eine Lautsprecherstimme aus dem Raum, wesenlos, ortlos: Stehenbleiben! Gesicht nach Osten/Westen/Norden/Süden richten, Handflächen sichtbar nach außen gekehrt.

Stimmprobe, Sprechprobe, danach eine zehnmal wiederholte, wortgleiche Befragung zur Person – Daten, Namen, Herkunft, Ausbildung, Nachweis von Geburtsnummer und Lebenserlaubnis, Zertifikate für individuellen Luftverbrauch, sämtliche Papiere gut sichtbar über den Kopf und in die Höhe halten.

Besondere Kennzeichen – Liderzucken, Narben, rote Haare nicht gefärbt, fehlende Finger, Zehen, Zähne, Augen, Ohren (es beginnt zu regnen, aber das macht nichts. Es schneit, macht nichts).

Entledigen Sie sich Ihrer Kleider. Stehn Sie still. Stillstehn! Ziehen Sie Ihre Kleider wieder an. Gehn oder fahren Sie geradeaus nach Osten/Westen/Norden/Süden, bis Sie an die Große Baracke kommen.

Man geht oder fährt und erreicht einen Schuppen aus Rohziegeln, Platten, Brettern, wird von anderer Lautsprecherstimme aufgefordert, einzutreten (sie scheint aus der Erde zu kommen) – TRETEN SIE EIN DURCH DIE ÖFFNUNG/ RC – 3 – darf dann in grauen, leeren Räumen, hinter packpapierverklebten Milchglasfenstern warten, taglang, nachtlang, noch einmal taglang, unter flackerndem Neon, bis eine bisher nicht sichtbare Klappe in der Wand die Identifikation ausspuckt, rasselnder Vorgang von fünf Minuten – fünf bis neun Kilo mit Lettern, Zahlen, Chiffren schlecht bedruckter Papiere, die man ununterbrochen, im Schlaf und bei Verrichtungen aller Art, an sich zu tragen hat, andernfalls man damit rechnen muß – und es folgt eine Strafandrohung, Geld oder Freiheitsentzug in mittlerer, großer, sehr großer Zuteilung.

Später entdeckt man an sich eine Tätowierung vorn auf dem Brustkasten, eine siebenstellige Zahl in Schwarz zwischen den Schulterblättern.

Phantasie haben Sie ja, sagte Einer unfroh, seine Stimme klang verdrossen und knapp, wie die eines Grenzbeamten ohne Cape im Regen.

Das ist keine Phantasie, sagte Keiner. Was ich sage, bleibt grau und klein unterhalb der Tatsachen, die uns passieren –

Mann hörn Sie doch auf! rief Einer. Solchen Hirnmist verbreiten! Sie öden mich an. Damit das klar ist – nicht mit mir. Respekt bitte! Wollen Sie mal an meiner Faust riechen. Na los, sagen Sie was!

Was soll ich sagen –

Na irgendwas Passendes.

Ich sage nichts.

Dann sagen Sie eben nichts.

Sie standen neben dem Wagen am Straßenrand, unschlüssig beide. Bis zu den Horizonten war flaches Land. Wenige Bauwerke standen darin herum, kein Mensch zu sehn und kein Baum, kein Fahrzeug, ein Hund stand vor einem Zaun und bellte nicht. Einer machte zwei Schritte auf Keiner zu, rempelte mit dem Ellbogen gegen ihn. Keiner hielt ein Handgelenk gepackt, drehte den Arm, bis Einer schrie. Sie fielen übereinander her. Taumelten über die Straße, allein und gemeinsam, krachten gegen den BMW, stürzten auf Sand und Schotter und blieben schwer atmend liegen. Der Hund kam angerannt, ohne zu bellen, biß Einer in den rechten Schuh und verschwand.

Sie kamen schwankend auf die Beine und prügelten weiter, versuchten weiterzuprügeln, mit schwingenden Armen, knickenden Beinen. Einers blutverschmierter Kopf war ein Grund, die Keilerei zu beenden.

Sie würgten an halben Sätzen, husteten Sand aus, Keiner mehr als Einer, wischten Blut und Schweiß aus den Augenhöhlen. Schluß jetzt – wir sagen Du, rief Einer, oder willst du noch eine gewischt kriegen.

Wir sagen Du, wiederholte Keiner, dessen Atem nicht zur Ruhe kam. Ihn erstaunte der brüchige Tenor, in den seine Stimme sich verwandelt hatte. Einers Stimme war in den Baß gerutscht.

Das machst du nicht nochmal, sagte Keiner und zeigte mit dem Finger auf seinen Bewacher.

Nimm den Finger weg.

Einers Stimme war friedlich geworden, blieb aber weiter im Baß. Steck ihn weg oder beiß ihn ab. Ich beiß ihn mit fünfzehn Zähnen ab. Spuck den Knochen aus. Sei kein Frosch.

Und ich sage dir, flüsterte Keiner, Irgendwer & Irgendwas haben uns reingelegt. Ich sage: Der, die oder das hat sich einen Witz mit uns gemacht.

Sie bogen in einen Fahrweg ab, hielten vor dem Wohntrakt einer Farm. Draußen im Weideland grasten Pferde, Ziegen drängten sich in offenen Ställen, Hunde in Koppeln. Tabakfelder, helle grüne Flächen, zogen in weiten Wellen zum Horizont. Tabakspeicher, schwere schwarzbraune Sarghäuser, standen mit offenen Klappen am Weg. Landarbeiter in Pullovern und Stiefeln liefen, standen, rauchten im Hof, ohne die Hergelaufenen zu beachten. Einer schien sich hier auszukennen, drückte die Klingel, sie widerhallte im Haus. Ein schwarzer Kahlkopf mit blau tätowierten Armen erschien in der Tür, nickte Einer zu und ließ die Besucher herein. Keiner sah: die beiden waren vertraut. Sie setzten sich an einen Küchentisch, der Mann brachte Bier. Die Unterhaltung drehte sich um nichts und das Wetter. Zwei Tage, sagte Einer, und der Mann nickte. Einer packte Handschellen aus seinem Sack und legte sie neben das Bierglas. Du wirst sie nicht brauchen, unser Freund läuft nicht weg, er hat dazu keinen Grund, und er ist klug – stimmts? Einer lachte Keiner laut ins Gesicht. Aber für alle Fälle liegen die Dinger hier.

Keiner hatte die Handschellen nie bemerkt, hatte von den Dingern nichts gewußt, und Einer hatte sie nie erwähnt. Keiner war wütend und erfreut zugleich.

Der Farmer brachte Kleider, Einer rasierte sich und zog sich um. Italienische Schuhe, Krawatte, Schlapphut, er sah danach verkleidet aus, Ganove am Sonntag auf dem Spießrutenlauf zur Kirche. Keine Dummheiten machen!, der Farmer nickte, Keiner schwieg. Der Verkleidete fuhr im Wagen weg, Keiner saß da.

Ich zeig dir, wo du schläfst. Der Farmer führte ihn in einen Raum zu ebener Erde, Wand und Boden aus blanken Brettern, niedriges Fenster, gefüllt mit Tabakfeld und Himmel, ein Bett aus Stahl, eine Strohmatratze. Hier hatten Reiter im Training, Saisonarbeiter und Viehtreiber übernachtet. Du kannst hier Ferien feiern, wenn du Lust hast. Wenn du was tun willst, komm zum Holzmachen in die Scheuer. Die Handschellen waren auf dem Küchentisch liegen geblieben.

Wohin ist Einer?

Er kennt in der Nähe eine Frau –

Mir hat er davon nichts gesagt. Auch die Handschellen sind eine Überraschung.

Er kommt immer mal wieder her, wie heute, allein, oder er hat einen dabei wie dich. Er kommt nach zwei Tagen und zwei Nächten zurück, das ist seine Zeit.

Sind Sie hier der Chef?

Der Schwarze nickte. Chef ist richtig. Was hast du angestellt – ich meine, wegen der Handschellen.

Nichts.

Nichts? Das gibt es nicht.

Na schön – ich habe nichts ausgefressen, aber mir fehlt was: ich bin nicht identifiziert.

Himmel, wie hast du das geschafft!

Ohne Absicht. Ich bin übersehn worden, irgendwas in der Art.

Das Gesicht des Farmers – er sagte nichts – drückte Unsicherheit, aber auch Hochachtung aus.

Keiner aß mit der Familie am Tisch, drei schweigsame Frauen, drei schweigsame Männer, fünf wachsame Kinder, nachts trank er Bier, allein mit dem Schwarzen. Er sägte Fichtenstämme in der Scheuer, stapelte die Scheite unter das Vordach, und ging mit Jackentaschen voller Äpfel zu den Pferden. Da niemand auf ihn achtete, wäre ihm auch am Tag die Flucht leichtgefallen. Aber man hätte nach ihm gesucht. Einer hätte nicht verhindert, daß er geschnappt und in Handschellen abgeführt worden wäre. Er blieb auf der Farm, sah hinaus in den Herbst der Ebene, hörte Wind in der Nacht und am frühen Morgen die Hähne.

Als sie weiterfuhren am dritten Tag, hatte Einer die Handschellen auf der Farm vergessen.

Naja, sagte Keiner, wenn man schon nebeneinander im Auto sitzt, ich meine – wie bist du mit deinem Namen zufrieden. Gefällt er dir?

Nein. Ein Name ist das nicht, jedenfalls nichts Persönliches. Der ist mir für den Job verpaßt worden. Du glaubst vielleicht, daß Einer ein Name ist, aber das ist kein Name, sowenig wie Keiner. Keiner, das bezeichnet bloß die Klasse, in der du bist, in die dich die Leute runtergelassen haben, die Einer, Fünfer oder Siebenzwanziger heißen. Also, du bist nichts. Dein Name könnte ÜBERHAUPTNICHTS sein.

Danke. Wenn man auch nichts Genaues gewußt hat, ich ahnte es.

Davon hast du nichts.

Nein, davon haben wir nichts. Also, ich schlage vor, wir legen uns eigene Namen zu.

Einer schwieg, er dachte nach.

Ohne Taufe, nehme ich an.

Ohne Taufe, ohne Glockenschall. Der Name ist private Abmachung, taucht schriftlich nicht auf, niemand kennt ihn.

Da wir nun schon mal Du sagen –

Eben.

Mein Name, sagte Einer, wäre so einer wie Luis, da kann ich drauf hören, der klingelt bei mir.

Luis, einverstanden. Klingelt auch bei mir. Und der Name für mich – der wäre – jedenfalls nicht Bodendecker, Max & Axel, Hase, Schwarzblut, Nager, Pfundwasser, Rathaus, Jessespeterl –

Ich hab ihn – Trompet!

Da drin finde ich nichts von mir. Was hältst du von Anderlei?

Wenig. Wupp?

Ich bin kein Hund.

Jusch!

Bin keine Katze.

Paraday –

Nein. Nichts Ausgedachtes. Luis ist nicht ausgedacht.

Laß dir Zeit, sagte Luis. Du läßt dir Zeit und eines Morgens stellst du dich vor: Abendstern mein Name.

Gestern in der Nacht, sagte Keiner, ich war auf der Billigmatratze eingeschlafen, wurde ich wach von Geräuschen, die ich nicht kannte. Pfeifen, Zischen, Dröhnen kam aus dem schwarzen Raum und näherte sich dem Motel. Ich hörte was wie Schlag oder Sturz auf dem Parkplatz, das Geräusch davor entfernte sich in die Nacht nach oben, und ich hörte Schritte mehrerer Füße. Wenigstens zwei Personen waren aus einer Fähre, vielleicht Raumfähre runtergelassen worden oder abgesprungen. Sie kamen ins Zimmer durch das halboffene Fenster, ich erkannte sie im Gegenlicht der Parkplatzbeleuchtung, breite, gedrungene Leiber in Panzeranzügen aus Metall und Synthetik, ausgestattet mit Fühlhörnern und Antennen. Sie konnten wie die Eule im Dunkeln sehn, ihre Augen funktionierten wie Nachtsichtgeräte, sie hatten mich auf der Matratze entdeckt, standen still und überlegten.

Hast du, was du brauchst, fragte eine Stimme, und die Antwort der andern: Nix Schußwaffe, aber das scharfe, alte, bewährte Kopf & Killermesser.

Alles klar, das war die Antwort der ersten.

Nix alles klar – der da auf der Matratze, das ist Luis, der ist nicht gemeint, der kriegt nix vom Messer – also raus hier, der andere liegt woanders.

Warum weißt du, daß der andere gemeint ist –

Die Stimmen sprachen unbekümmert laut, als hätten sie ein Mikrofon vor der Schnauze.

Sie zogen sich durch das Fenster in den umgebenden Teil der Nacht zurück, schwach von Neon belichtet, und fort in den weiteren Teil, schwarz wie – na jedenfalls ohne Beleuchtung. Ich lag mit Herzrasen auf der Matratze und versuchte mir vorzustellen, wohin sie mit dem Messer gegangen sein konnten, vielleicht geflogen. Waren sie bei dir?

Bei mir war niemand, sagte Luis.

Das wundert mich nicht, sie suchten nicht nach dir. Sie suchten nach mir, hatten aber offenbar falsche Information, schlechte Beschreibung. Das hat mir mein Leben gerettet.

Du übertreibst.

Schlechte Beschreibung hat mein Leben gerettet, nichts sonst.

Woher kamen sie, sagst du?

Runtergelassen aus einer Fähre –

Naja, du erzählst mir wiedermal eine Geschichte.

Keine Geschichte. Nie im Leben.

Du phantasierst. Du redest drauflos, oder was –

Und weil mir Luis, der Name, sagte Keiner, das Leben gerettet hat, bleib ich in seinem Schutz und heiße ab heute Luis!

Luis war sprachlos. Der zweite Luis fuhr fort: Luis & Luis, der eine und der andere, egal, wir halten die Namen auseinander, wie wir uns selbst auseinanderhalten, erfolgreich, wie ich meine. Was sagst du dazu.

Nichts. Du hast den Verstand verloren.

Seit heute morgen, seit ich Luis heiße, fühle ich mich wieder normal, frisch identifiziert durch mich selbst, ein Mensch mit Namen.

Und ich sage dir: Das wird nicht akzeptiert. Du kriegst einen Namen zugeschustert, den du dir nicht wünschst, was Saumäßiges. Du schüttelst dich wie die Katze, die aus dem Wasser springt und die Nässe loswird. Aber im Gegensatz zum Wasser im Fell der Katze bleibt der Namen an dir hängen, ich bedaure dich jetzt schon.

Bedaure mich, soviel du willst, sagte Luis der andre. Bedauern stört mich nicht. Mich stört überhaupt nichts, wenn ich Luis bin.

Sie fuhren in ihrem Wagen durch Hinterland, Meer und Küste waren weit entfernt. Die Straßen waren schmaler geworden, der Verkehr ruhiger, die Ortschaften kleiner, irgendwann-irgendwo endete der Asphalt in Sand und Unkraut. Die leere, schmale Straße verschwand als Fahrspur in der Steppe.

Wenn die Kiste nicht mehr will, sagte Luis der eine.

Und Luis der andre: Sie will.

Und wenn jetzt keine Tankstelle kommt!

Und Luis der andre: Sie kommt.

Und was war mit dem Identifikator und seinen Filialen und Außenstellen, mit seinem Personal, seinen Straßensperren?

Was soll mit ihm sein. Man kann sagen: Er erwartet uns. Er sieht unsrer Ankunft mit Interesse entgegen.

Er erwartet uns? Der Chefapparat läßt verlauten: Luis und Luis sind unterwegs, sie werden jeden Augenblick erwartet.

Nein! Luis der andre sprach verärgert, daher laut: Er wird auf die Suche nach uns gehn. Seine Leute schwärmen aus, auf der Erde und in der Luft, damit wir, sagt er, nicht in die Irre gehn – so ist er, das ist seine Art. Warum also Sorgen machen. Luis der eine war vergnügt, er wurde immer vergnügter.

Wir suchen ihn und er sucht uns. Das ist mal eine Freude, was!

Glücklich, wer zuerst gefunden hat.

Am Horizont tauchten Berge auf, nachtblaue Schatten, verschwanden in der Luft. Ein schwarzes Pferd mit weiß gekleidetem Reiter querte die Fahrspur und löste sich auf in

Luft. Die Dame hat sich in Luft aufgelöst, bevor sie Gelegenheit hatte, uns zu grüßen, sagte Luis der andre.

Das war ein Sportiver, keine Dame.

Das war doch jedenfalls eine Dame.

Dame, nein. Eine reitende Dame hat Hosen an, trägt ein zugeschnittenes grünes Jackett und stopft alle Haare in den Hut. Sie kann aussehn wie ein galoppierender Herr.

Und ich wiederhole: Es war eine Dame, dafür habe ich einen Blick.

Du darfst mir glauben, lieber Luis, sie war es nicht.

Sie war eine Dame, eine Frau, was Weibliches auf jeden Fall, größer als ein Kind, erwachsen eben –

Mit dir streite ich nicht.

Und ich nicht mit dir. Die Stimme Luis' des andern erklang mit kühler Stärke.

Wir haben Frieden und sind froh –

Frieden und froh wiederholte Luis der andre.

Sie hatten vergessen, sich vorzustellen, daß auch die Fahrspur ein Ende haben, sich als Bettlerpfad unter Bäumen fortsetzen könnte, als Kriechspur, Trittspur, Spur im Sand. Aber so war es. Der Bettlerpfad war zu Ende, er setzte sich als Reihe von Spuren zwischen Sträuchern und Steinen fort. Für ein gewöhnliches Fahrzeug war hier kein Platz. Sie wendeten mühsam auf enger Stelle und fuhren mit einmal mehr zerstoßener Karosserie auf den Fahrweg und in die Steppe zurück. Eine vereinzelte Kate kam in Sicht. Bei einer gekrümmten greisen Person – eine Frau vermutlich, sie trug einen leeren Korb in der Kralle – erkundigten sie sich nach der nächsten Tankstelle.

Tankstelle, was soll das sein –

Benzinstation.

Brauchen Sie Wasser. Das versteifte Fingergewächs der Alten deutete auf einen Brunnen neben der Kate.

Wir brauchen Benzin, alte Frau, und zwar bald!

Das weiße Gesicht unter weißen Haaren blickte verständnislos vom einen zum andern.

Nein?

Die alte Person wandte sich ab und verschwand auf dem Fußweg zur Kate.

Nichts für gut oder ungut, sagten Luis der eine, Luis der andre. Sie fuhren weiter. Nach zwei Stunden im heißen Licht der grasgrauen Steppe ging ihnen das Benzin aus.

Sie schoben den Wagen aus der Fahrspur in den Schatten eines halbtoten Nadelbaums, standen herum und wußten nicht weiter. Benzin organisieren, wo und wie, im Wagen fand sich dafür kein Gefäß. Sie gingen mit ihren Säcken im Irgendwo-Nirgendwo weiter, mit dem starken Vorsatz, sich nicht bescheuern zu lassen. Nach zwei Tagen Fußweg, einer Nacht voller Stechmücken in verdorrtem Schilf, und Brot- & Wassergebettel an Hüttentüren, standen sie am Abend des zweiten Tags vor einer geschlossenen Schranke, die Wegspur ging rechts und links vorbei, im weiteren Umkreis war offenes Land.

Die Schranke war alt, aus Eisen, verkrustet von Rost. Zehn Meter entfernt im Gras stand eine Baracke, auf der Schwelle zur offnen Tür saß ein kleiner Mann, vor ihm lag ein Fahrrad im Unkraut. Er winkte Luis & Luis zur Baracke, sie setzten die Säcke ab und gingen hin.

Der kleine Mensch war ein Kind, nicht älter als dreizehn Jahre, Kellerkindgesicht mit Schweineritzen, barfuß, in dreckigen Hosen, verblichenem T-Shirt, neben ihm auf der Schwelle lag ein Gewehr. Verhangene Blicke belauerten Luis & Luis. Luis der eine, Leibwächter des andern, war vom Kind so wenig beeindruckt wie von der Schranke. Sein Satz: WIR SUCHEN SEIT TAGEN EINE TANKSTELLE, VERSTEHST DU, BENZINSTATION – brachte etwas Bewegung in die alten Augen.

Gibt es hier nicht. Dreißig Kilometer weiter ja, Tixi's Eden, Sprit in Zehnliterbüchsen. Haben Sie Papiere? Ohne Papiere kriegen Sie nichts.

Luis, der Leibwächter, klopfte auf seine Jacke. Haben wir, mehr als genug. Aber zunächst mal – wo sind wir hier.

Hier ist die Grenze, der Junge deutete auf die Schranke. Warum sie da ist, weiß ich nicht. Die Gegend drüben sieht genauso aus wie das hier, nichts wie Gegend, nichts wie Sand und das Unkraut da.

Du bist der Zoll, die Polizei –

Ich und meine Schwester, wir wechseln ab, wenn mein Vater unterm Tisch liegt, da liegt er oft. Er hat die Uniform, alles andere gehört hier in die Station.

Dreißig Meilen sagst du?

Ungefähr, wenn man sich nicht verirrt.

Kannst du einem von uns, am besten mir, für ein paar Stunden das Fahrrad geben – Luis, mein Freund, bleibt hier, bleibt als Garantie an der Grenze, als Geisel, ich kann ihn an der Schranke festbinden, und du hast ein Gewehr. Ich komme wieder.

Das sagt jeder. Ausleihen geht nicht. Das Rad gehört meinem Vater und mir, meiner Schwester gehört es auch.

Familienstück? Da kann man nichts machen. Wie alt ist deine Schwester –

Ich glaube kurz vor sechzehn, oder schon siebzehn. Geht Sie aber nichts an.

Wir informieren uns bloß, sagte Luis der andre, wie du.

Sie können weitergehn, sagte der Junge, er zog das Gewehr zu sich heran. Er schien sein Leben lang, dreizehn Jahre, auf der Schwelle gesessen zu haben, sie war sein Zuhause. Die Schwelle und das Gewehr waren, was er brauchte.

Gibt es hier Vögel, fragte Luis der andre. Wir haben keine gehört und keine gesehn –

Es gibt.

Knallst du sie ab?

Wenn sonst nichts da ist, ja –

Wir finden es besser, hier in der Baracke zu übernachten. Gibt es Wasser?

Wenig, aber es tropft noch. Wenn man wartet kommt was zusammen. Ich zeige Ihnen, aber das kostet.

Was kostet es denn.

Was geben Sie –

Was wir geben, kriegt dein Vater.

Bei dem ist es weg. Ich kriege es.

Und was sagt deine Schwester?

Wir brauchen es.

Plötzlicher schneller Aufsprung zeigte die Beweglichkeit des träge erscheinenden Jungen. Er ging mit dem Gewehr voraus, Luis & Luis folgten ihm in die Station. Eisenofen, vier Stühle, ein Tisch mit Papieren und Schreibzeug, auf den Papieren Steine, auf den Steinen Staub. Eine steingebaute Zelle mit vergitterter Luke nach draußen, Gitter und Gittertür und vier Pritschen auf einzementiertem Eisen.

Da können Sie schlafen, wenn Sie drin sind, schließe ich ab. Zu essen ist nichts da. Jetzt das Geld.

Wieviel?

Egal, wieviel Sie wollen.

Luis & Luis kramten in ihren Taschen. Sie stellten die Säcke ab und wühlten nach Geld. Der Tag zog sich farblos, dann grau in die Luft zurück, löste sich grau nach allen Seiten auf. Die Dämmerung ging schnell vorbei. Elektrisches Licht war nicht vorhanden. Auf dem Steinboden neben dem Eimer stand eine Kerze. Luis der andre fand Zündholz in seinem Sack. Die Flamme wuchs schnell in der dunkel gewordenen Nacht und gab der toten Zelle leichtes Licht.

Der Junge drehte den Schlüssel der Zelle um, zog ihn ab

und steckte ihn in die Tasche. Er sagte: Ich fahr jetzt weg, in einer halben Stunde kommt meine Schwester wahrscheinlich, nicht mein Vater, der liegt unterm Tisch. Kann Ihnen egal sein. Raus läßt Sie keiner, erst morgen vielleicht.

Dein Vater ist uns egal, wir wollen die Schwester.

Mir ist das egal, sagte der Junge.

Und wenn in der Zwischenzeit jemand kommt, wer ist das. Hat er den Schlüssel?

Kein Mensch kommt. Aber wenn, den kennen wir. Jemand, der hier immer durchkommt. Pieter Laub, das Brauereipferd, so heißt er.

Wenn einer kommt, fragen wir ihn, ob er Pieter Laub ist, das Brauereipferd. Und wenn er nein sagt?

Glauben Sie ihm nicht. Aber Sie können ja machen da drin, was Sie wollen, kommt keiner rein. Hier war noch nie jemand drin, außer Ihnen.

Er verschwand durch die Tür, schloß die Barackentür von außen ab.

Sie dösten auf ihren Pritschen. Die Kerze stand mit regloser Flamme am Boden. Kein Schritt kam an der Baracke vorbei. Später in der Nacht wurde die Tür der Baracke aufgeschlossen, ein Mädchen kam rein, blieb stehn und erkannte hinter dem Gitter zwei Männer im Halbschlaf. Sie richteten sich auf, beschauten die Fremde, schienen nicht zu wissen, was sie von ihr und sich selber halten sollten.

Sie sind überrascht, sagte Luis der andre. Hat der Bengel nichts gesagt? Sie sind die Schwester.

Ja. Die Tochter.

Das Mädchen versuchte zu lachen. Es machte ihr Mühe, froh zu erscheinen. Luis & Luis wußten oder ahnten, sie erschien im Kerzenschein in der Baracke schöner als am Tag, im Licht, im Regen.

Das Mädchen sagte: Nacht ist jetzt, Sie wollen schlafen –

Ohne überlegt zu haben, sagten Luis & Luis NEIN! Das Mädchen, sie war eine junge Frau, verstand ihr Nein! als Kompliment. Ihr Lachen war keine Verlegenheit, sie freute sich.

Sie legte den langen Mantel ab, die Gestalt einer vollkommenen Frau kam zum Vorschein, und beiden Luis war klar, daß keine Unschuld Nacht und Kerzenlicht mit ihnen teilte.

Zwei Männer hinter Gittern, die nicht wußten, ob der Schlüssel für die Zelle zurückgebracht worden war.

Schließen Sie auf, meine Dame. Lassen Sie zwei unschuldige Opfer einer Autopanne an die Luft!

Sie haben ein Unglück gehabt?

Aus Mangel an Benzin zu Fuß unterwegs, das ist noch kein Unglück. Luis der eine, und Luis der andre bin ich. Und Sie?

Von dem Namen haben Sie nichts.

Da wir auch sonst von Ihnen nichts haben, wäre Ihr Name für uns soviel wie ein Kuß –

Sie kriegen keinen.

Und der Name?

Sie kriegen ihn nicht, Sie kriegen überhaupt nichts.

Vielleicht etwas Wasser?

Es ist keins da.

Was passiert hier in der Nacht, fragte Luis der andre.

Nichts. Die Station muß besetzt sein. Vorschrift, auch wenn kein Mensch die Grenze hier kennt. Man verdient ein Sterbegeld an dieser Grenze. Es ist Nacht. Sind Sie müde?

Nein. Und Sie – wollen Sie hier schlafen?

Schlafen, nein. Wenn schon zwei Mannsbilder da sind. Das passiert sonst nicht, so schön harmlos hinter Gittern. Nicht mal einer, egal ob er lebt oder tot ist, kommt nachts hier vorbei.

Gute Gesellschaft macht Vergnügen. Das ist, wie sagt man – eine Redensart.

Die zwei kleinen Gitterfenster da, fragte Luis der eine, schaut man in die Station hinein?

Wer was sehn will hier drin, braucht eine Leiter. Hier ist keine Leiter.

Dann bringt der Mensch, der was sehn will, die Leiter mit.

Die nächste Leiter ist weit weg, zwanzig bis dreißig Kilometer.

Wir sind in einer Folterkammer –

Niemand wird hier gefoltert, nicht mal verprügelt. Nicht mal mein Bruder.

Er hat nicht gesagt, wie er heißt –

Er heißt nicht. Hat er das nicht gesagt? Das sagt er sonst immer.

Wir haben vergessen, ihn zu fragen.

Macht nichts. Der Name nützt Ihnen nicht, ihm selber auch nicht.

Die Nacht war still in der Steppe und in der Station. Kein Hundegebell, kein Tiergeräusch, kein Vogelruf. Die große Stille befreite die Steppe nicht, sondern beschwerte sie, drückte sie nieder in einen Zustand aus Lähmung und Halbtotschlaf. Das Mädchen, es stand zwei Meter vom Gitter entfernt, warf mit schneller Kopfbewegung ihr Haar hinters Ohr – schwarzer Flügelschlag im Schein der Kerze –, blickte Luis & Luis an, gelassen, flüchtig, und öffnete ihre Bluse mit ruhigen Fingern. Sie sagte: Ich nehme kein Geld.

Die Bluse fiel blau von ihren Schultern auf den Zementboden.

Weil Sie mit mir nicht schlafen können.

Ein farblos dunkles Tuch, zwischen den Brüsten verknotet, fiel von der hellen Haut, aus den ruhigen Fingern. Leicht schaukelnde Brüste, brombeerdunkle Warzen.

Ist es, wie es sein soll?

Luis & Luis flüsterten Ja!

Soll es so sein?

Sie öffnete den Gürtel ihrer Jeans und stieg mit Anmut aus den Hosenbeinen. Ihr Dessous war schwarz wie ihr Haar, und schien von allein auf die Pantoffeln zu fallen. Das schwarze Schamhaar war wie ein Staubwedel dick. Luis & Luis starrten auf den Körper, die Gesichter zwischen den Gitterstäben, es war ihr erster Striptease ohne Musik. Die Kerze begann zu flackern. Die Entblößte stand mit geschlossenen Schenkeln vor ihnen, still, unangreifbar, mit halb geschlossenen Augen, ein glückliches, leichtes Lächeln auf dem Gesicht. Die runtergebrannte Kerze puffte geräuschlos Reste von Licht und verlosch. Finsternis ohne Laut und ohne Raum. Hoch aus der Wand, durch die Luke, kam schwacher Schimmer. Nach einer Weile ging ein Feuerzeug an, auf einer neuen Kerze wurde Licht gemacht. Das Mädchen steckte wieder in seinen Kleidern.

Schlafen Sie, sagte sie mit nüchternem Ton. Ich mache den Rundgang. Sie verschwand mit dem Gewehr durch die Tür der Station und schloß ab. Auf dem Boden brannte die Kerze.

Sie wachten auf, als Licht durch die Luken fiel. Von der Kerze schien kein Rest auf dem Boden geblieben. Sie hatten sich selbst und die Grenze im Schlaf vergessen, die Station war leer, das Gitter der Zelle verschlossen.

Wir sind, sagte Luis der andre, offenbar vergessen worden, es ist Tag und niemand kommt mit den Schlüsseln. Die Vögel, wenn es sie gibt, fliegen seit Stunden über der Steppe herum, und wo ist das Mädchen. Man wird es erfahren oder nicht erfahren. Man weiß nicht, ob sie die Nacht in der Station, vor oder hinter der Baracke oder sonstwo verbracht hat.

Und Luis der eine: Wir warten, daß was passiert. Irgendwas wird passieren.

Und wenn nichts passiert, sagte der andre, wir können

nur hoffen, daß die Schlüssel angeflogen kommen. Und ich meine, es ist tausendmal richtig, den Identifikator nicht erwähnt zu haben.

Die Baracke hier ist jedenfalls keine Filiale seines Großbetriebs.

Das heißt, warum nicht – eine Grenzstation? Ausschließen läßt sich nichts. Du hast Hunger und ich auch. Ich habe Durst und du hast Durst –

Was sagst du?

Ich sage: Wir haben Durst. Und ich frage dich und mich, wie lange wir noch Durst haben werden.

Zum Auto kommen wir nicht zurück. Was passiert mit ihm.

Wir kommen zurück.

Nie im Leben. Das Auto steht abgeschlossen irgendwo, wir haben den Schlüssel.

Diesen Schlüssel haben wir.

Das heißt, wir kommen zum Auto zurück.

Mal fehlt uns der Becher, mal fehlt uns der Wein.

Sagt man so? Mir genügt eine Büchse Wasser!

Das Auto gehört immer noch uns. Was passiert mit ihm?

Ja wir fragen, was mit ihm passiert –

Ich sage, sagte Luis der andre, zwei frei herumlaufende Gelegenheitsgauner, Typen wie wir, sehn das Auto unter dem Nadelbaum stehn und gehn mal hin, für alle Fälle, gehn mehrmals um die Kiste herum und stellen fest: sie sind weit und breit die einzigen, die sich beiläufig für sie interessieren, aber sie ist abgeschlossen.

Autotür knacken kein Problem, kurzschließen auch nicht. Man sitzt im Wagen und will fahren, aber –

Den Rest der Geschichte kennen wir. Sie gehn auf die Suche nach Benzin –

Gehn auf die Suche, aber in eine andre Richtung.

Sie haben vielleicht den besseren Riecher und entdecken eine bewohnte Ortschaft mit Benzinpumpe, nicht weiter vom Fahrzeug entfernt als eine Tagestour zu Fuß.

Mit vier legal organisierten Büchsen Benzin – jeder trägt zwei – marschieren sie in der mondlosen Nacht auf derselben Wegspur zum Wagen zurück, er steht noch dort, jetzt aber auf improvisierten Holzböcken, die Pneus und die Räder sind weg. Danach zu suchen ist aussichtslos. Sie heben ein Loch in der Steppe aus, schütten das Benzin hinein und zünden es an. Das umgebende trockne Riedgras fängt Feuer, es breitet sich aus, wirft schwarzen Qualm in die Luft, rennt schnell in verschiedene Richtung fort.

Da kann man nichts machen.

Sie sehen zu, daß sie wegkommen, hustend, tränend, mit ihren Säcken, die sie aus Rauch und Feuer an sich reißen.

Keine schlechte Laune, kein schlechtes Gewissen. Auf halbtot gelaufenen Füßen – Fußgänger-Champions sind sie nicht – kommen sie an eine geschlossene Schranke mit Stopschild irgendwo in der Steppe, die Wegspur führt rechts und links an der Schranke vorbei. Daneben steht eine Baracke, die Grenzstation, mit offener Tür. Am Tisch sitzen Vater, Sohn und Tochter, der Vater steckt in der Uniform, sie wurde zuletzt vor drei Jahren gereinigt. Sie haben gegessen und getrunken, kein Kanten Brot, kein Krümel Käse liegt auf dem Tisch, kein Tropfen Flüssigkeit glänzt in den Tassen.

Was gab es zu essen?

Wie gesagt, nichts mehr da, außer dreckigen Messern und Tassen.

Kein sehr beeindruckender Empfang.

Warum nicht. Sie bitten, in der Baracke übernachten zu dürfen, und werden sofort in der Gitterzelle eingeschlossen, das entspricht der Vorschrift, sie haben nichts dagegen und nichts dafür. Sie bezahlen mit lockerem Geld aus den Taschen, zwei Decken werden durch die Gitterstäbe nachgereicht. Es gibt nichts zu essen und es gibt kein Wasser.

Es gibt kein Wasser?

Kein Wasser in der Station. Vater, Sohn und Tochter wünschen Gute Nacht, verlassen die Baracke und nehmen die Schlüssel mit.

Der Striptease fällt aus.

Sie sind eingeschlossen wie wir.

Eingeschlossen, in diesem oder sonst einem Winkel der Steppenländer.

Unser Auto steht noch da –

Es steht noch da, jetzt ohne Räder. Es gehört immer noch uns.

Kein Mensch außer uns weiß das.

Wer es haben will, der nimmt es, aber damit wegfahren kann er nicht.

Nein kann er nicht. Er steht dumm da.

Gegen Abend desselben Tags hören Luis & Luis den Sturz eines Fahrrads vor der Baracke und eine lange Liste von Verwünschungen. Ein Betrunkener in Uniform schwankt in die Station, flucht, als er zwei Fremde hinter dem Gitter erkennt, schließt schwankend, stochernd, fluchend die Zelle auf, stürzt zu Boden und flüstert: RAUS. VERPISST EUCH!

Luis & Luis packen ihre Säcke, lassen sich Zeit beim Verschwinden aus der Baracke, machen sich durch die Steppe davon, auf die Suche nach Brot und Wasser.

Schwere Gewitterhitze des heißesten Hundstags. Fiebernd heiße Augen, Füße, Hände. Auf der verschwitzten Schulter reibt der Sack. Und daß sich ihnen kein Identifikator zu erkennen gab. Das erschien so niederschmetternd, so verflucht bösartig, geradezu ironisch, daß Luis, der erste und eine, gern zugeschlagen hätte, drauflosgeprügelt, sich selbst geohrfeigt.

Mistkerl bist du, ein Geborener, das sieht dir ähnlich! rief er über den Weg. Auf die Art in die Welt kommt jeder –

Halt die Klappe, sagte Luis der andre. Mit der Ruhe! Du bist wie jeder in die Welt gekommen, Ausnahme gibt es nicht.

Hast du eine Ahnung! Ausnahme gibt es, und ob es die gibt –

Dann bin ich der lebende Beweis, sagte Luis der andre. Sag, was du willst.

Lebender Beweis für was denn? Luis der eine versuchte, sich totzulachen.

Ich erzähl dir die Geschichte –

In Dreiteufels Namen, erzähl sie. Wiedermal eine Geschichte von dir, großes Geschenk zu meinem Namenstag!

Ich erzähle dir meine Geschichte, weil du es bist. Als ich nicht mehr als irgendwas war, irgend etwas ohne Kopf und Kragen, dort fängt es an. Mehr oder weniger ein Lumpenzipfel von Leben – lach nicht! –, sowas wie Menschenseele im allgemeinen, nicht der Rede wert. Der Vorherlebende, also ich, war in den Palast der Köpfe gekommen, Palast der tausend mal tausend ungeborenen, ungelebten Köpfe, die darauf warten, gefunden und mitgenommen zu werden, geklaut zu werden. Der Palast mit Treppenhausern und Hallen war groß wie eine Stadt mit Plätzen und Türmen. Köpfe mit Augen, leblosen Gesichtern, standen auf Regalen und lagen am Boden, mal auf dem einen Ohr, mal auf dem andern. Und eine Lautsprecherstimme von nirgendwo rief: Du sollst einen Kopf heraussuchen, der in Zukunft dein eigener sein wird. Du kannst einen glücklosen Kopf oder einen glücklichen wählen. Ich sagte zu mir: Den für mich einzigen Kopf zu finden, wie kann ich das machen. Ich erkenne in den Köpfen weder Glücklosigkeit noch Glück. Pack ich einen glücklichen Kopf, ist zu erwarten, daß er in Zukunft sein Gegenteil lernen muß. Packe ich einen glücklosen Kopf, besteht die Hoffnung, daß er sein Gegenteil lernt. Das eine ist gut oder ungut wie das andre, daß ich die Wahl haben soll, kann nur Falschspiel sein. Ich packte einen Kopf vom Boden, der nichts oder alles enthalten konnte, viel oder wenig, Finsteres oder Helles, Glücklosigkeit oder Glück oder etwas dazwischen. Es ist der Kopf, den du siehst, wenn du mich anschaust.

Hat er dir Glück gebracht, fragte Luis der eine. Er lachte dem andern laut ins Gesicht.

Das weiß ich bis heute nicht. Der Aberglaube sagt mir: Du hast einen glücklichen, der alles lernt, denn er lernt, seit er lernen soll, mehr glücklose Sachen als glückliche oder gute, mehr wertlose als brauchbare. Und ich weiß bis heute nicht, was das soll –

Du kannst recht haben. Der eine Luis lachte nicht nochmal.

Ich habe, seit ich lerne – was ich nicht gut kann –, alles gelernt, was mir vorkommt und was mir passiert. Aber ich weiß bis heute nicht, ob ich das Richtige oder das Falsche weiß oder beides, ich kann das eine vom andern schlecht unterscheiden. Sag was –

Das hast du schon mal gesagt.

Schon mal gesagt. Also nochmal: Ich habe, wo ich hinkam, alles gelernt, was die Welt gegen mich und für mich enthält. Was der Mensch für mich oder gegen mich unternehmen kann. Sie enthält mehr gegen mich als für mich. Das persönlich zu nehmen wäre fatal. Jeder andre – du bist die Ausnahme – lernt das Vergleichbare oder dasselbe, lernt es und lernt, bis ihm schwarz wird vor Augen. Hätte ich einen glücklosen Kopf erwischt, würde ich dasselbe, immer wieder dasselbe lernen, was der Glückliche kann und weiß. Aber ich habe einen glücklichen Kopf, er lernt, lernt immer noch und immer weiter, mit dem Gegenteil zurechtzukommen.

Komm weiter, sagte Luis der eine. Ich sage: Du erlebst noch

was. Du wirst erleben, daß Glücklosigkeit und das Gegenteil miteinander spielen.

Spielen, sagte der andre. Was heißt spielen –

Wie die Katze mit der Maus.

Man ist unterwegs und macht, daß man fortkommt, was andres passiert nicht. Man könnte am Sonntagmorgen –

Nein! sagte Luis der eine.

– im Bademantel am blau gekachelten Pool frühstücken, ein paar Zeitungen kommen lassen, eine schöne oder patente, verwelkte oder erblühte, kissendicke oder schlanke Geliebte verabschieden, aber was macht man? Man ist unterwegs.

Schamlose Klagen, sagte Luis der eine.

Niemand beklagt sich. Ich philosophiere, das ist der ganze Zauber, eine Begleiterscheinung des Unterwegsseins. Ich bemerke, daß die Kleider zerfallen, das fängt an mit dem Zwirn und dem Knopf, dem durchgescheuerten Kragen, zertrampelten Schuhen. Was ein Reißverschluß ist, der hält länger durch, wenn er vom Schweiß nicht rostig wird – was ist los?

Einer-Luis war stehengeblieben und blickte in das Hügelland.

Ich weiß, daß du bessere Augen hast, sagte Luis der andre, also was siehst du, ich sehe nichts.

Ich sehe ein paar Leute am Horizont.

Das ist mal eine gute Nachricht, was!

Ich sehe nicht, wieviele es sind, aber mehrere sind es.

Wie ich uns kenne, gehn wir da mal hin.

Na, du kennst uns.

Sie gingen eine Stunde durch Grasland und Hügel. Es waren vier Personen. Einer lag auf der Erde, die andern standen um ihn herum, einer von ihnen war eine Frau. Der auf dem Rücken zwischen ihnen lag, sah elend aus, der Kopf war zerschnitten und blutig, aber er atmete noch.

Was ist mit ihm los –

Wir rasieren ihn, er muß zum Empfang, da soll er rasiert sein. Auf dem Empfang kein Unrasierter.

Wer empfängt wen?

Irgendein Filialunternehmer des Identifikators. Da kommen geladene Gäste hin. Wir sind nicht geladen.

Ob das Gäste sind, weiß man nicht.

Gott im Himmel! Weiter so. Wir rasieren ihn.

Das ist hier versucht worden, und was ist das Ergebnis? Die blutverschmierte Rübe da.

So ist es, sagte der Mann mit den sauberen Händen, mit seinem Einverständnis rasieren wir ihn. Wir versuchen es immer noch. Der Kopf, das Kinn, die Backen und die Haut drum herum sind normal, daran liegt es nicht –

Rasierapparat, sagte der Mann mit den Händen voll Blut, wir haben keinen. Die Frau gab sich Mühe, wegzusehn, sie hielt ein Papiertaschentuch vor den Mund.

Mit der Kante eines Steins, da unten liegt er, aber es kam nicht viel dabei raus. Das Blut fließt aus den Schrammen und Wunden. Der Mensch hat viel Blut.

Dann hat man versucht, das heißt wir, ihm die Haare, die langen Bartstoppeln da, acht Tage alt, mit den Fingern aus der Haut zu ziehn. Ich sage, das war eine Illusion.

Da kommen wir richtig, sagte Luis der andre. Wir haben ein Messer, es kann losgehn.

Das Messer ist alt. Luis der eine lachte.

Laß mich das machen, ich hab die Erfahrung mit meinem Gesicht.

Mein Freund hat seine Erfahrung, bestätigte Luis der eine.

Die Männer hielten den Liegenden fest, einer legte den Kopf gegen einen Stein. Der mit den blutschwarzen Händen und der mit den weißen, die Frau stand daneben und blickte weg. Luis der andre fing an mit Kratzen und Schaben, wo am wenigsten Blut war, unter der Nase. Ruhig, ganz ruhig, das hast du schon oft gemacht, das kriegst du auch hin mit dem Gesicht da.

Aber die Klinge war stumpf und es fehlten Wasser und Seife.

Wo ist die Seife.

Es muß auch ohne gehn, sagten die Männer. Was soll schon passieren, man reibt ihn mit Spucke ein.

Der Geschorene stöhnte, schrak hoch und fiel auf die Erde zurück, die Augendeckel flatterten, danach lag er still wie ein toter Fisch.

Hat jemand Streichholz oder Feuerzeug? Das fragte der Mann mit den blutschwarzen Händen.

Was denn – Feuer?

Man sengt ihm die Haare weg, keine große Sache. Es stinkt ein bißchen nach verbrannter Haut, das gibt sich.

Wenn das alles ist, sagte Luis der andre. Er stand da und wußte nicht wohin mit dem Messer, die Klinge war blutig, er klappte das Messer zu. Es verschwand in seiner Hosentasche.

Lebt er noch?

Er lebt noch, aber das merkt er nicht, in der Ohnmacht. Er hat nichts davon, daß er lebt.

Das wissen Sie nicht, sagte der mit den sauberen Händen. Er hört vielleicht jedes Wort. Und wenn ein Vogel durch die Bäume fliegt, dann hört er den Flügelschlag, aber er zählt ihn nicht.

Was sagen Sie da?

Ich sage, daß er die Flügelschläge nicht zählt, er kann sie nicht zählen, aber er hört sie.

Ob er sie zählt oder nicht, kann uns egal sein. Ich sehe und höre keinen Vogel.

Wir denken daran, ihm unsere Kleider zu geben, leihweise

für den Empfang. Er braucht Jacke, Hose, Hemd, Kopfdekkel und was Anständiges für die Füße.

Sonnenbrille könnte er brauchen, das lenkt vom Gesicht ab, es ist ja ziemlich daneben.

Das war es früher schon.

Können wir nicht gehn, fragte die Frau. Bitte! Irgendwer soll ihn beerdigen, vielleicht die beiden Herren – sie deutete auf Luis & Luis. Sie war nicht, wie sie dachten, die Begleiterin des Unrasierten. Sie gehörte zu dem Mann mit den sauberen Händen, eine Dame, wenn es ihr besserging.

Das geht nicht, sagte Luis der andre, er lebt noch.

Wenn Sie ein paar Minuten warten, sagte einer der Männer, der bisher nicht gesprochen hatte, die Herrschaften können ja schon mal ein Loch vorbereiten, oder wird er transportiert?

Tote sind furchtbar, sagte Luis der andre.

Und Luis der eine: Ja, sie stören.

Und der Rasierer mit den dreckigen Händen: Ich sage immer, wenn es ans Aufräumen geht: schnell und gründlich wie Jullik, der Nachtdieb.

Luis & Luis gingen, wie sie gekommen waren, ohne Gruß. Einen Gruß schien niemand von ihnen zu erwarten. Sie gingen durch die Hügel, beschleunigten ihre Schritte, liefen immer schneller durch Sand und Gras und blieben stehn. Was war das gewesen? Es schien keine Antwort auf die Frage zu geben. Sie drehten sich um. Die Männer trugen den Leblosen zwischen sich, sie gingen in eine andre Richtung fort. Ihnen folgte die Dame mit einem Koffer, von einem Koffer hatten sie nichts bemerkt. Wem gehörte der Koffer.

Noch eine Frage, die ohne Antwort blieb.

Was war in dem Koffer drin? Noch so eine Frage.

Da die Dame ihn hinter den Männern hertrug, konnte der Koffer nicht schwer sein, ein leichter Koffer. War der Koffer leer? Er war vielleicht vorgesehn für geliehene Kleider. Koffer mit kleinem Besitz der Dame, Spiegel, Lippenstift, Kamm, vielleicht ein Festkleid zum Wechseln. Der Koffer war voll gewesen und war jetzt leer. Er war schwer gewesen und war jetzt leicht. Wo kam überhaupt der Koffer her, vom Koffer hatten sie nichts bemerkt, weder der eine Luis noch der andre. Ein abgelegter Mantel bedeckte den Koffer, ein Hut obendrauf, das genügt, man sieht keinen Koffer mehr. Sollte der Koffer verborgen werden, vor ihnen? Das kam der Frage am nächsten – ein geheimer Koffer, im geheimen Koffer kein Lippenstift, keine Kleider. Dokumente für den Identifikator? Akten, Codes, Untersuchungsdurchschläge? Beschlagnahmtes Material aus den Schränken des Unrasierten? Dann gehörte der Koffer ihm. Blieb noch die Frage, warum die Dame den Koffer trug. Jedenfalls, er ist nicht schwer, sagte Luis der eine, und der andre: Ich stimme dir zu, der Koffer ist leicht.

Genugtuung eines Koffers wegen, von dem sie nichts wußten, nichts erfahren werden.

Der wird nicht auf den Empfang gehn, auf eigenen Beinen, mit dem Gesicht –

Wenn er nicht gehn kann, wird er hingetragen.

Getragen, und weiter?

Am Eingang abgelegt, vor den Kontrollorganen. Aus eigenen Kräften kommt er nicht wieder hoch. Standbein-Spielbein auf dem Empfang unmöglich. Er wird in der Garderobe auf eine Bank gelegt und vergessen. Man wirft Schirme, Spazierstöcke, Hüte auf ihn und jede Menge nasser Regenmäntel. Unter dem Haufen Stoff & Kram wird kein Lebender, Sterbender, Toter vermutet.

Und wenn er zum Vorschein kommt, was dann?

Nichts. Er wird weggeschafft. Man hat seine Taschen durchsucht, da war keine Sterbenserlaubnis drin.

Der Mensch, falls er einer ist – ohne Genehmigung krepiert. Das ist ihm am falschen Ort passiert. Weg mit ihm.

Wohin?

Grabstätte, Totenpark, wie heißt das – Friedhof. Da drin
ein vorgeschaufeltes Loch für ihn und jeden.

Sie standen im Regen. Vom Regen hatten sie lange nichts
bemerkt. Sie waren naß, dann durchnäßt, bevor sie den Regen bemerkten und sich selbst in ihm, stinkendes Süßwas-
ser senkrecht auf Luis & Luis. Der Regen regnete gegen sie,
sprühte, klatschte und durchnässte, um sie beide fertigzumachen, wen sonst. Was an Wassermassen, Hagel und Eis auf
sie runterschlug, hätte jede Katze dreimal erschlagen. Luis &
Luis krochen unter die Plane eines Lastwagens, froren und
schlackerten in der nassen Kälte. Es lagen ein paar leere Säcke
herum, die legten sie über sich und versuchten zu schlafen.
Sturzwasser troff und trommelte auf die Plane, spritzte durch
Ritzen auf sie herunter, patschte vom Lastwagen auf den Asphalt, daß kein halber Schlaf in dem Wasserkrach möglich
war.

Man stellt sich vor, der Chauffeur kommt durch den Regen angerannt, setzt das schwere Fahrzeug in Bewegung, legt
dreihundert Kilometer auf Autobahnen zurück und ahnt
nichts von Luis & Luis unter der Plane. Der Lastwagen stoppt
und zwei Blinde Passagiere machen sich auf und davon, ohne
bemerkt worden zu sein. Aber dieses Vergnügen erlaubt sich
der Zufall nicht. Der Zufall setzt kein Fahrzeug in Bewegung.
Er läßt Luis & Luis unter der Plane frieren, in flüchtige Betäubung fallen, dann in halbtrockenen Kleidern wach werden
und vom Lastwagen auf den Parkplatz springen. Einer der
beiden sagt: DA SIND WIR WIEDER.

Und sie laufen weiter, laufen weiter, was andres passiert
nicht.

Vor sich hat man einen Horizont, irgendein Horizont ist immer da. Sofern er waagrecht oder flach verläuft, ist der Himmel hoch und leer wie an dem Tag, bevor die Vögel erschaffen wurden und fliegen lernten. Mal steht oder liegt ein Haus auf dem Horizont, mal läuft dort ein Hase, gejagt oder nicht gejagt, dann steht dort ein Mensch im Gegenlicht, da steht er, steht er und steht. Was macht der Mensch, der dort steht –

Nichts von Wichtigkeit. Er steht da, wie wir dastehn würden, wenn hinter uns ein Horizont wäre.

Hinter uns muß ein Horizont sein, wie vor uns einer ist, Horizonte sind überall –

Er sieht uns kommen, sagt Luis der andre, und überlegt, wer wir sind.

Geht ihn nichts an.

Richtig. Das geht ihn nichts an. Aber er überlegt. Er denkt darüber nach, ob er uns anspricht, ansprechen wird, angesprochen haben wird, ob wir stehnbleiben und ihn ansprechen werden, irgendwas in der Art.

Er überlegt, bis es soweit ist.

Man sieht ihn stehn in Erwartung der Dinge, die kommen, aber wir gehn an ihm vorbei.

Warum?

Uns fiel nichts Besseres ein. Der Mensch, so wie er dastand, gefiel uns nicht.

Das kannst du nicht wissen, ob er mir gefällt, oder nicht gefällt.

Bitte kein Ärger, Luis. Ich sage: Er gefällt weder dir noch mir. Er steht da und blickt uns nach.

– steht auf der Stelle und überlegt, was da schiefgegangen ist.

Was soll da schiefgegangen sein –

Ich meine: schiefgegangen für ihn. Er überlegt das, wir überlegen es nicht.

Für dich und mich ist nichts schiefgegangen.

– Nichts schiefgegangen. Wir stehn auch nicht da in Erwartung der Dinge, die kommen.

Aber am folgenden Tag ist der Mensch nicht auf dem Horizont erschienen. Man kann nicht sagen, daß man ihn vermißt. Ganz andre Leute sind unterwegs im Gegenlicht. Sie kommen auf der Piste Luis & Luis entgegen, langsam, zusammengedrängt und schwer beladen. Mit was? Sie sind beladen mit Säcken, Kisten, Containern, halben Häusern, offenbar schwer bepackt mit ihresgleichen, die man sich auf den Rücken gesetzt hat. Man sieht am Humpeln, Stolpern, Schwanken der Leute, daß die Menschenlasten nicht leicht zu tragen, überhaupt nicht leicht vom Fleck zu bringen sind, es sei denn, man drückt ein Kind an die Brust. Kinder sind leichter zu tragen als Säcke und Kisten.

Wenn Luis, der eine oder der andre, wieder zum Horizont blickt, egal zu welchem, hat sich der Horizont mit Gestalten gefüllt, dunkel im Gegenlicht, eng zusammen, weit auseinander, in dichten und lichtdurchlässigen Haufen, leicht – oder schwerbeweglich hin und her, in Breite und Höhe verschoben, verwackelte Körper, das könnten Lemminge sein. Wenn sie sich schneller voranbewegten, rennend, Sprünge machend, Schrei ausstoßend, wäre es eine Tierwelt, die auf sie zukommt, aber Tiere, Lemminge sind das nicht. Man sieht, es sind Menschen. Die von weit her auf sie zukommen, nur Luis & Luis im Auge haben, sind zweifellos Menschen, auf zwei Beinen erkennbar, man gewöhnt sich nicht daran, daß es viele, danach unzählige wurden, die als Menschenmassen entgegenkommen, flächendeckend vom Horizont herauf und zum nächsten hinunter, rauf und runter nicht zu unterscheiden. Luis, der eine und erste, staunt nur, teilt sich dem andern nicht mit, schüttelt den Kopf, blickt woandershin, ihm wird sonst schlecht.

Nimm dich zusammen, sagt der andre Luis.

Was mal Horizont war, Raum vor dem Horizont und hinter ihm, unter Augenhöhe in Gras und Sand, über Kopfhöhe hoch im Herbstlicht, ist in Massen von Lebewesen verschwunden, die alle Menschen sind, es laufen und springen Hunde mit, Ochsen und Pferde sind zu erkennen, die einen langsam, die andern schnell, und man sieht: ein paar magere Maultiere wollen nicht. Sie werden weitergeprügelt mit Stöcken und Peitschen. He! ruft Luis, egal welcher, was ist auf einmal los hier! Kann uns das einer sagen –

Wir ziehn um, sagt ein junger Mann, er stolpert nach jedem dritten Schritt, hält mit flacher Hand ein schlafendes, halbtotes, totes Kind an die Schulter gedrückt.

Sie sehen doch, was vorbeikommt. Die sind auf der Flucht! Was steht ihr hier herum. Haut ab, na los, abhauen!

Ein von drei Kindern gezogener Karren, wie ein Heuwagen hoch und voll mit Kleidern beladen, geschoben von Frauen, klappert knapp an den Schuhen von Luis & Luis vorbei. Eine Holzlatte knallt gegen die Schläfe des einen, die Nase des andern.

Mann paß doch auf, hau ab!

Flucht oder Umzug, der Mensch ist zu Fuß unterwegs, auch Jeeps und Lastwagen schwanken vorbei, vom Trittbrett bis auf das Dach befrachtet mit Menschen, gestapelt, geschichtet, verschlungen und durcheinander. Dem einen gehört der Kopf, dem andern der Schuh auf dem Kopf, der Brustkaste auf dem Hintern, das Knie im Gebiß. Unterwegs aus dem Horizont, der mal Horizont war, und fort in den andern, der noch offen ist, im Licht gegenüber liegt, nicht mehr leer von Menschen, aber man kann ihn noch sehn zwischen Hinterköpfen und Rücken. Der abstürzte in den Graben, ist ein Mensch oder war es. Der neben ihm liegen blieb und nicht mehr spricht, der seinen Schuh verlor und er kann ihn nicht suchen. Suchen? Er sucht keinen Schuh mehr, der Schuh ist zertrampelt und weg. Man läßt verschwunden sein, was im Gedränge verschwand, zu viele Fäuste bearbeiten den, der hochkommt, schieben weiter, was noch Beine hat, auf allen vieren zu kriechen versucht, einen Sack vor sich herschiebt –

Mann, du bist hier nicht bei dir zu Hause!

Der Mensch, der Typ, der die Tasche der zusammengebrochenen Frau mitnimmt, ist auch ein Mensch oder war es, an Hand und Schuh zu erkennen.

Wo ihr hinlauft, da ist nichts! ruft Luis der eine, wir kommen von dort – verflucht, da ist nichts!

Jesus! Da hätten wir Glück gehabt!

Wo bisher nichts war, scheißt du hin, und bleibst –

Maul halten – warte, bis du die Stelle gesehn hast.

Hinscheißen kannst du überall –

– überall bleiben, wo ich bleiben will, Hut und Strohsack immer griffbereit –

Hut und Strohsack? Wozu brauchst du Hut und Strohsack – den Hut, den kannst du behalten –

Siehst du, das war mal ein Strohsack, jetzt kannst du sehn, wie das Stroh davonfliegt –

Das Messer ist in den Dreck gefallen, das Stroh fliegt herum.

Hilf mir, murmelt eine alte Stimme. Der Mensch hockt am Boden mit angezogenen Beinen, hält sich an einer Wade fest, die dem einen Luis oder dem andern gehört, kriegt ein Knie zu fassen, das niemandem zu gehören scheint, läßt los und sinkt zwischen tretenden Schuhen zusammen.

Von anderer Seite hört man Schrei und Geflüster – komm mit, ich hab einen Wagen – wo ist er – steht da vorn, gleich um die Ecke – es gibt keine Ecken hier – Finger weg, laß mich los – du sollst loslassen, hau ab – und was ist mit Immeberta –

wo ist sie – die ist ab mit Tomi Seiler – über alle Berge – hier sind keine Berge, wer ist dieser Tomi –

Eine weinende Frau ohne Kind wird von Fäusten und Schuhspitzen weitergestoßen, ihr Schritt für Schritt hat keinen Willen, während sie eine Sandale verliert, die von Nagelstiefeln zerstampft wird.

Stop! Das ist meine Frau! Nein, das ist meine – gib sie rüber, Vorsicht, Kopf einziehn, her mit dem Mäuschen!

Heisere Stimme eines Mannes: Halt mal mein Kind.

Luis sieht ein lebloses Kind, es wird von zwölf Händen über die Köpfe gereicht, von immer andern Händen fortgetragen, bis es in der Menge verschwunden ist.

Zweihundert Kilometer? Wer sagt das –

Ein ganzes Volk zieht um!

Keiner von beiden ist zehn Schritte weitergekommen.

An keinem Ende des Stroms von Menschen und Sachen ist ein Stück vom Horizont zu sehn. Die Erde zwischen Stein und Gras ist trocken. Staub steigt von Füßen und Stiefeln in die Höhe, wälzt in körnigen Schwaden über die Köpfe, erhält kilometerweit Antwort von Würgen und Husten, verfinstert die Sommertaghölle der Flüchtenden, die noch keine Wintertaghölle erfahren haben. Die herumgeworfenen Toten nimmt keiner mit. Wer einen Verletzten oder Sterbenden trägt, wie Teppichrolle über die Schulter gehängt, hat seinen Besitz auf der Piste zurückgelassen, besitzlosen Leuten in Obhut gegeben, und wird kein Stück davon zurückerhalten.

Keinen Knopf, keine Gürtelschnalle zurückerhalten.

Luis der andre bekommt einen Dieb zu fassen, als der in seine Tasche greift. Er packt seine Arme mit beiden Fäusten, kann ihm keine runterhauen, schüttelt ihn durch. Habenichts, ein Leichtgewicht, dünn, untersetzt, gelenkig, mit spärlichem Bart. Seine Blicke sind schnell wie die Finger und

Beine, ob er ein Habenichts ist, bleibt unbewiesen, ob er allein unterwegs ist, unbewiesen. Luis sah ihn mit prallem Schultersack, dann ohne Schultersack auf einem Karren, dann mit einem Fahrrad zwischen bepackten Frauen. Er griff durch das Gitter eines Käfigwagens, in dem eine steife greise Dame saß, sich an schwankenden Stangen aufrecht hielt, violette Spitzenhandschuhe, silberne Haare, der Dieb lief mit einem Schleier fort, er schien nichts zu befürchten.

Luis' Fäuste machten auf ihn keinen Eindruck.

Was hat er geklaut, ruft der eine Luis zum andern, nicht leicht, sich verständlich zu machen in diesem Spektakel, selbst wenn der andre mit ihm in Tuchfühlung ist.

So weit ist er nicht gekommen!

Schau in den Taschen nach –

Der Kleine in Luis' Fäusten hält still, steht still. Rausgezogen, umgedreht, die Taschen sind leer. Hose ausziehn, verdammt nochmal, runter damit. Zieh ihm die Hose runter! Die Hose wird von Luis runtergezogen, außer ungewaschener Nacktheit ist dort nichts. Der Kleine zieht selbst seine Hose hoch, schamlos, lässig, und lacht auch noch.

Was macht man mit ihm –

Was kann man hier mit ihm machen – nichts –

Zusammenschlagen, danach soll er laufen!

Ein paar junge Typen sind stehengeblieben, sie beobachten Luis & Luis und sind erfreut. Man kennt ihn, sie kennen ihn auch, er heißt Turpibane.

Macht, daß ihr weiterkommt.

Warum. Den kennt jeder, Turpibane heißt er. Klaut nur von Leuten, die er nicht kennt. Das ist seine Art, Bekanntschaft zu machen, so findet er Freunde –

Also was ist – läßt du ihn endlich los –

Turpibane, du kennst uns jetzt, flüstern Luis & Luis, hau ab!

Du sollst verschwinden.

Der Dieb Turpibane winkt, die kleinen Hände sind drekkig und leer. Man sieht, er lacht, kann sein Lachen aber nicht hören. Euer neuer Freund, sagt ein alter Mann, der sein Zeug im Bettuch vorüberschleppt. So weit bin ich noch nicht mit ihm, er kennt mich nicht.

Er kommt eines Nachts und du lernst ihn kennen.

Soll ich jedes Menschen Freund oder Feind sein? Laß mal, wir kennen uns nicht, ich halt mich da raus –

Alle diese Leute, sagt Luis der eine. In die Massenkarambolage reingerissen, und jetzt machen sie, daß sie weiterkommen, eine andere Chance ist nicht da.

Nein, das heißt ja, was andres passiert nicht.

Wie dir und mir –

Handschellen, damit man zusammenbleibt. Hörst du die Handys? Die tröten und zwitschern in den Gepäckstücken, Koffern, Hosensäcken. Einer kriegt den Koffer nicht auf, der andre bleibt stehn und wird umgeworfen, bevor er den Sack vom Buckel hat. Sein Handy musiziert und zirpt im Sack, dann ist es zu spät, kein Ton kommt aus dem Sack. Scherenschleifer mit zerbrochnem Schleifstein, verbeultes Motorrad. Geplatzte, verkohlte, zerstochene Pneus. Wer angeläutet wird, sein Handy aus der Tasche schnappen kann, wird gefragt, wo er abgeblieben ist, wo er im Augenblick feststeckt, in welchem Teil der Flucht, des Umzugs meinetwegen.

Ja in welchem Vorderteil, sagt Luis, welcher, und brüllt es in alle Ohren, in welchem Hinterteil und Nebenteil, nach Himmelsrichtungen bunt gemischt und zusammengeschmissen. Hallo? imitiert Luis, egal welcher, ja mittendrin – aber frag mich nicht wo – ob ich was? – deinen Smoking eingepackt – nicht sehr wahrscheinlich – aber nachsehn unmöglich, hier sind momentan keine zehn Zentimeter Parkett frei,

Sack absetzen hoffnungslos – ja bissige Hunde überall, sogar auf den Bäumen – ja sehn aus wie verhockte, alte, mißmutige Hühner, die keiner mehr kaufen, geschweige denn fressen will – ja, vor Ankauf und Diebstahl sicher –

Siehst du das Kind, sagt Luis, egal ob der oder jener, trägt ein haarloses Äffchen hinter dem Scherenschleifer her, Schuhmacher, Scherenschleifer, Bettelstudent. Unklar, ob das Tierchen halb tot vor Durst, Hunger oder sonstwas wie Haarausfall und Krankheit. Das dürftige Dingsda krepiert, es versteht die Welt nicht mehr. Als der Affe sie verstand, wo war er da? Ich frage dich: An welcher Stelle der Welt kann einer die Welt verstehn, wo ist sie am verständlichsten. Wo und wie versteht er die Welt oder einen Bruchteil, Fetzen Dreck von ihr, den Stein, den Menschen, den Regenwurm.

Wo er geboren ist.

Wo du geboren bist. Wo bist du geboren.

Am unverständlichsten Hinterausgang der Welt –

Wo ist das.

Das ist, wo vom Haus die Türfüllung weg ist, der Türrahmen weg, die Türklinke weg, die Schwelle der Tür verschwunden, der Schlüssel auch, und mittendrin liegt eine tote Ratte –

Tote Ratte, schlapp oder gedunsen.

Ich ahne, sagt der eine oder der andre, daß es nichts zu verstehn gibt, was soll denn verstanden werden.

Ich beherrsche ungefähr das Kleine Einmaleins, sonst nichts –

Und ich das Kleine ABC, das Große kennt niemand.

Das macht den Hund bissig, den Affen verdrossen, und der Mensch, dieses Lebewesen, dreht durch und zieht um!

Das sind Redensarten, sagt Luis der eine oder der andre. Es geht dir gut. Deine Umgangsformen sind normal. Zu dem Typen, der Krach macht, sagst du: Etwas weniger, bitte, dann läßt du das bitte weg, dann schlägst du zu. Zu dem Leisetreter sagst du: Was haben Sie gesagt, ich verstehe nicht, etwas lauter, bitte! Dann läßt du das bitte weg, dann haust du ihm auf die Rübe, bis er plattliegt –

Man überträgt seine Unarten gern auf andere –

Sprich von dir selbst, wenn du dich verständlich machen willst.

Ich? Ich hör einen Leierkasten in der Nähe –

Was ich höre, kann nur ein jaulender Irrer sein.

Du sprichst vom Ohrensausen, gehört uns beiden, zu ungleichen oder gleichen Teilen, egal –

Sie kommen an einem Sarg vorbei, der von einem Motorradanhänger gerutscht und aufgeplatzt ist. Eine Gestalt liegt im Dreck, mit dem Kopf nach unten, gewichste Stiefelchen, Schleier überm Kopf und vor der Nase, eine Tote in dreckigem Weiß, Papierblume an der halbnackten Brust. Wer behält die schöne Tote für sich. Soll sie umziehn, einen Flüchtenden begleiten. Wohin wird sie verschleppt oder mitgenommen.

In eine Vorzugsgruft der nahen oder fernen Zukunft, sagt Luis der eine, der andere hat vorher gesprochen.

Man weiß nicht, wem die schöne Tote fehlt. Wer weint noch, weint nicht mehr, hier weint kein Mensch. Man tritt über sie hinweg, trampelt auf ein Stiefelchen, dann auf ihre Hand, bleibt auf fünf Fingern stehn, sie liegen tief im Sand. Nach zwanzig Personen und hundert Tritten ist von ihr nichts mehr da, zuerst ist die Papierblume weg.

Schau nicht hin, sagt Luis der andre, geh weiter. Oder bleib stehn und schau dir an, was du siehst, und sag mir, was du gesehn hast. Scharen von Nutten sind auch unterwegs, wie du und ich. Kennst du sie, ich kenne sie nicht. Aber ich bin mit einer der Damen in Verhandlung geraten, traurig, traurig. Ich sage ihr, Luis mein Freund kommt dazu, wir sind also drei. Na schön, alle beide, sagt sie, bei mir heißt das: Einer nach dem andern. Aber du zeigst mir euer Bett. Kein Bett, nix horizontal? Also Nummer senkrecht. Aber was will ich mit Geld, ich will kein Geld, wer will denn Geld. Ich brauch ein Schmuckstück. Habt Ihr einen Ring, eine alte Uhr mit Gold oder Silber drin. Puderdose mit Cocodosias Bild obendrauf – verstehst du, was Schönes, womit ich Handel machen kann.

Wird sich was finden in unsern Säcken und Koffern, und in der Nacht – wo, sagt die Dame, bin ich in der Nacht, in der nächsten oder übernächsten, wo seid Ihr netten Oldtimer in der Nacht. Kannst du mich finden in der Nacht. Ist die Dringlichkeit noch da, beim einen oder andern, und kommt zu mir?

Nein, mein Freund in der Not, Chevalier sans merci, das laß mal bleiben und vergiß es. Und wenn wir es bis ans Ende der Welt geschafft haben, oder die kleine Hälfte von uns allen, dann such nach mir –

Luis, was ist los – du sagst nichts.

Was soll ich sagen. Gefällt mir, sie ist eine Frau –

Davon gibt es viele hier. Wenn sie Kinder haben, sind sie noch besser, Kinder sind da und sollen leben.

Sie sollen am Leben bleiben, sagt der betreffende Luis. Jede andere Dame soll leben auch – habe ich das gesagt? Ich habe es in Wahrheit gesagt.

Und weiter?

Die Nacht kommt, es wird regnen. Dunkel und Regen, die Pfützen plätschern, immer weniger Taschenlampen. Aller Regen kommt runter von da oben und hört nicht auf. Das Meer ist in der Welt, die Sintflut wiederholt sich nicht, außer mit lokalen Wasserflächen –

Die man durchwatet, in denen man steckenbleibt –

Die man durchwatet, man durchwatet sie.

Man wird, alles in allem, durchkommen. Aber es ist ein Unterschied, ob man Schuhe an den Füßen oder keine Schuhe hat. Ob man Stiefel oder Sandalen anhat. Wer ohne Schuhe unterwegs ist, verdammter Barfüßler, tritt in eine rostige Blechkonserve und verblutet im Wasser –

Stürzt in das Wasser und sauft ab.

Er erstickt wie Stoppe-Siroppe im Dorfbach, als er nachts vom Steg vor seiner Baracke stürzt, mit der Fresse ins flache Wasser zu liegen kommt. Da liegt er mit Schlamm, Stein, Wasser und Müll und ist nach drei Augenblicken tot, nicht mehr unter den Lebenden, die in ihren Häusern liegen und vom Sturz erst erfahren werden, wenn sie ihn morgens unter dem Steg liegen sehn. Man muß wissen: Stoppe-Siroppe fuhr sein Leben lang zur See, umgerechnet ein halbes Jahrhundert, fiel einige Male vom Schiff, wurde von Haien angegriffen, von Delphinen und Schwimmschülerinnen gerettet, ohne einen halben Liter Salzwasser geschluckt zu haben, Pauvre Stoppe!

Du kannst Französisch! Wieder etwas, wovon ich nichts weiß, nichts wissen konnte. Vielleicht sprichst du Spanisch –

Nicht mehr als aushilfsweise.

Einverstanden.

Dahin wird es nicht kommen, sagt Luis der andre oder der eine, vermutlich der andre. Hier ist kein Meer und kein Dorfbach. Hier sind Hunderttausende, halbe Millionen, die auf der Flucht sind, einen Umzug riskieren, und zwar auf dem Erdboden ohne zu fliegen. Mit Flugapparaten unterwegs sind ein paar Beobachter in Begleitung von Fotografen. Sie kreisen lautstark über den Menschenmassen, greifen aber nicht ein, können nicht eingreifen, versuchen es nicht –

Ein paar Bomben und die Piste ist frei!

Niemand greift ein, reguliert, dirigiert die Lebendmassen mit ihrem Stückgut, ihrer Last, ihren auf dem Kopf balancierten Matratzen. Vom Identifikator keine Rede mehr. Ob es ihn gab oder gibt, spielt keine Rolle, er ist verschwunden –

Man kann hoffen, daß er resigniert.

Sieht ihm das ähnlich?

Weiß man nicht.

Das heißt, er sitzt weit weg vom Wasser in einem trocknen Holzhaus auf dem Gletscher und wartet ab.

Er wird nicht einfach mal so die Stiefel an den Baum gehängt haben.

Sage ich doch, er wartet ab.

Er wartet. Worauf wartet er –

Na auf uns natürlich! Du und ich, das genügt ihm. Mit dir und mir hat er mehr als genug –

Nonsens, dabei kann es bleiben.

Du und ich, wir sorgen dafür.

Umzügler sind nicht die einzigen unterwegs. Kleinere Horden sind aus der Gegenrichtung auf die Piste gekommen. Sie fahren, laufen, marschieren in zufälligen Formationen entgegen – wem? Entgegen den heulenden, taumelnden, stampfenden, zusammenkrachenden, schweißnassen Unzähligen des Gewimmels von Lebewesen, die alle Menschen sind oder zu sein glauben, die immer noch glauben, Menschen zu sein, Menschen geblieben sind und bleiben werden. Die Masse nimmt Geisterläufer zu Hunderten auf. Sie werden über kurz oder lang steckenbleiben, dann steckengeblieben sein und umgekommen. In der Umklammerung durch die unablässig stoßende und strömende, stinkende, raumverschlingende Fluchtmasse Mensch oder was mal Mensch war – auseinandergebracht und aufgerieben, gerempelt, gestürzt und liegengeblieben. Schwerbepackte rollen über sie, bleiben hängen in Riemen und Gürteln, in Kragen verfangen mit ihren Schuhen und Stöcken.

Was liegenbleibt liegt herum und wird zertreten. Den Anfang macht einer allein, sein Sturz kopfüber ist sichtbar für viele, die sich im Umkreis aufrecht halten. Einer allein als

Beispiel für alle. Dann fünf und fünfzehn und fünfzig zusammen auf einmal. Jeder von jedem zu Fall gebracht, wie fallende Reihen von Zinnsoldaten, einer kurz nach dem andern, da hilft nichts, hilft nichts. Und das Verpackte, Eingerollte, Festverschnürte – kurz, das Gepäck stürzt über sie weg, schlägt auf und platzt.

Wenn sich nach Tagen und Wochen dieser Art von Promenade die Flächen lichten, die Körperklumpen und Karawanen auflösen, die Horizonte wieder zum Vorschein kommen, bemerkt man das übrige, Zerrissene und Zerdepperte, ohne Zusammenhang von Richtung, Raum und Bestand von Gliedern – das liegt in Tausendteilen auf der Piste, am Rand der Piste und weit in die Gegend verstreut, Stückwerk, Partikel von Stoffen kreuzquer auf der Schneise, in die der Weltteil verwandelt wurde. Schneise, so weit man hören und sehn kann.

Einer kriecht noch und tastet nach seiner Brille, was andres greint, fällt um und kann nichts sagen, der nächste Rest eines Daseins versinkt in Schlamm, Staub, Wasserloch, Schlagloch und Haufen Scheiße. Niemand kümmert sich um irgendwen. In allem, was auf der Strecke blieb, auf der Strecke bleibt und bleiben wird, ist nur noch Irgendwas zu erkennen, und im Nichtbestimmbaren nichts, was sauber und ganz ist.

Der Mensch ist, was es auch mal gab. Ein lebender Typ ist keine Adresse mehr.

Es gibt davon noch genug, wenn es Tag wird und die Löcher aufgestoßen werden.

Die Löcher werden aufgestoßen, sagt Luis der eine. Was kommt zum Vorschein –

Soweit sind wir noch nicht. Wer weiß, ob es dahin kommt. Luis & Luis sind unterwegs, ungefähr senkrecht und mit wenig Gepäck, das läßt sich tragen. Man ist unterwegs und macht, daß man fortkommt, was andres passiert nicht.

Wer sagt, daß etwas andres nicht passiert. Man bewegt sich in der Nähe von Lebewesen, Leute oder Typen und ein paar Hunde, weniger Pferde, noch weniger Hausvögel, Papageien, Ziegen. Immer mehr Alte, Krumme, zahnlose Köpfe, sehr viel mehr Schläger und Halbtotenleben, in Leiterwagen gezogen, in Karren geschoben, zur Notdurft abgeladen, vom Brett geschmissen, dann wieder aufgeladen und neu plaziert.

Wie Schiffe im Packeis stecken schwere Wagen – Möbelcontainer, Lastwagen, Autobusse –, leer oder vollgedrängt mit ihresgleichen, in den vorwärtsschiebenden Lebendmassen fest. Man hört: ihre Hupen röhren und schallen, aber Signale, Warnungen, Drohungen richten nichts aus, kein Mensch versucht, einem Fahrzeug zu entkommen, ein Entkommen ginge durch die Luft. Kein Bepackter macht einem andern Platz. Und ein Chauffeur, was kann er tun, als seine Kiste im Stich zu lassen, in den Massen stehnzulassen, steckenzulassen. Oder er gibt Gas, sein Mobil schießt los und legt zwei Dutzend Leute um, die Hälfte Kinder, das kreischt. Stoßstange, Kotflügel, Kühlerhaube voll Blut, das ist bloß der Anfang. Nach Gewimmer und Schrei die Stille, große Stille. Sie wird, auch im Bergland, Meeresstille genannt.

Die unüberschaubar weite und breite Piste birgt verteufelte Überraschungen. Man nimmt sie erst wahr, wenn man auf sie gestoßen wird, wenn Nase, Bauch und Bein verwakkelt sind. Das sind Baumstümpfe, größer als Hundehütten, Steinberge, Findlinge, längs laufende Gräben, quer laufende Barranca steil und lichtlos, in der Abertausendschaften verschwunden sind. Sie kommen nicht wieder zum Vorschein. Zurückkommen hieße, am Leben geblieben zu sein und Leitern und Kletterseile zur Verfügung zu haben. Und es hieße, von Gleichbetroffenen gestützt, mitfühlsam geschoben, umsichtig gehoben, durch die Luft und über die Köpfe getragen zu werden. Man erhält sein Gepäck, seinen Schuh, seinen Zahn zurück und macht, daß man wegkommt.

Die in den Gräben und Schluchten sind verschwunden, von nachgerollten Körpern zu Tode begraben. Ganze Fahrzeuge mit oder ohne Ladung sind unten zerschellt oder hängen zerdeppert mit drehenden Rädern an Felsvorsprüngen, auf Felsnasen, bestückt mit Kadavern und Leichen – das einzig mögliche Wort scheint zu fehlen –, Partikeln aus Gliedern, Kleidern, Koffern, und nichts davon hat mit Leben zu tun. Nicht alles Abhandene ist tot, alles Tote aber ist nicht mehr da.

Es wird nicht zurückgezaubert, sagt Luis der andre, es bleibt verschwunden.

Wir brauchen ein Fahrzeug, sagt Luis der eine, Luis der andre. Auf Dauer gesehn ein stabiles Auto, mit oder ohne Chauffeur.

Chauffeur, was heißt das.

Einer, der fahren und reparieren kann. Wir schmeißen ihn raus, wenn er querkommt, und fahren selbst.

So ist es, wir wechseln uns ab.

Man hält Ausschau nach einem Fahrzeug, das kann jede Kiste sein, die über vier Räder und einen Motor verfügt und Sprit in Behältern geladen hat.

Solche Maschinen stecken überall fest, eckige, dreckige Blockaden der Piste, über Augenhöhe weithin sichtbar. Man klettert auf eine Ladefläche, unbemerkt, wie man das beherrscht, und findet da oben nichts außer einer Plane, und unter ihr einen toten Hund. Platz genug, das tote Tierleben macht nichts, es stört erst, wenn es zu stinken anfängt, man wird den Hund bei Gelegenheit vom Fahrzeug schmeißen. Der Chauffeur sitzt, wo er hingehört, hinter dem Lenkrad und kommt nicht vom Fleck, hofft aber vom Fleck zu kommen und Zeit zu gewinnen.

Mein Ideal von Reisebegleiter. Er scheint von uns nichts bemerkt zu haben.

Abwarten, wenn er wach wird –

Der Lastwagen steckt zwischen neunhundert Leuten fest, er kommt nicht weiter, ein Anblick ist das.

Man blickt dem Kommenden mit Ruhe entgegen. Aus der Seele des andern Luis gesprochen, aber der eine hat es in Worte gefaßt. Der Abend kriecht langsam hoch vom Ende der Welt, die Luft ist undurchsichtig geworden. Schuhe, Hosenbeine, Gürtel, und die Köpfe der Kinder bis zu den Augen, sind in staubige Dunkelheit eingepackt. Man erkennt nicht mehr, was dort unten passiert, was dort überhaupt vorhanden ist. Irgendwas wie Hund und Katze, sofern die nicht auf Schultern getragen werden. Ratten? Das quietscht. Hast du deinen Schmetterling? Ich habe meinen. Wo ist deine Schlange? Die ist lange tot. Und deine? Im Lederbeutel. Es ist noch ein Koffer da, mein Biber ist drin – erinnerst du dich? Wir haben nichts liegenlassen. Alles da –

Luis & Luis sind erstaunt, einzeln jeder, dann übereinstimmend beide, daß das Fahrzeug von keinem andern beansprucht, nicht besetzt und nicht verteidigt wird. Eine Falle? Sie sind da oben über den Köpfen allein, umfassende Vorsicht, kleine Sorglosigkeit, dann kommt ein Gähnen und danach der Schlaf. Doppeltes Schnarchen in der Erleichterung, das ist ein Luxus. Die Nacht fällt auf die Menschenhaufen herunter, sie können nicht weiterlaufen, machen halt, hocken und lagern in den Löchern der Piste. Der einzelne Mensch zündet an, was er an Kerze und Taschenlampe besitzt, als Kippe zu rauchen hat. Gefackel von starkem und schwachem Licht, soweit man im Halbdunkel sieht, ruhloser Sternhimmel auf der Erde, flackernde Milchstraßen längs der Piste, in ihnen erscheint, was sich noch bewegt, Augen, Hände, die Schatten von Leibern, die in der Liebe verschwunden sind. Stiller Schrei, das kann ein Nachtvogel sein, der aufgescheucht durch die nächtlichen Bäume fliegt. Luis & Luis, halbwach auf ihrer Empore, ungesprächig in einen Anblick versunken: Großes Schlaftheater von ihresgleichen.

Wir bleiben, sagt Luis der eine, und Luis der andre: Wir sind schon geblieben.

Es kam vor, sie wurden umgeworfen, wenn der Motor anzog, der Lastwagen kleine Strecken weiterrückte, unterbrochen von plötzlichem Stop, aufheulender Beschleunigung. Man knallt der Länge nach auf die Ladefläche, blaue Flecken, das macht nichts, kein Bein gebrochen. Man hinkte neben dem Lastwagen, wenn er vorankam, immer wieder um ihn herum, wenn er stillstand, und sofern dort Platz für einen Spaziergang war. Das waren Umstände, aber keine Probleme. Das Problem war essen, trinken und Notdurft verrichten.

Fressen und Saufen gibt es nicht mehr, sagte Luis, welcher. Sie mußten vom Lastwagen runter der Notdurft wegen, vor allem um Wasser und Nahrung zu organisieren. Ein Luis blieb auf dem Lastwagen oben – man hatte sich eingedeckt mit Stöcken und Steinen – und verteidigte die Ladefläche, die sie als Eigentum in Anspruch nahmen.

Sie hatten die Bekanntschaft des Chauffeurs gemacht. Er lebte in seiner Kabine hinter dem Lenkrad, schlief auf der Lederpritsche über dem Sitz, warf durch das Rückfenster halbe Blicke und schien einverstanden mit Luis & Luis, Dauerbewohner seiner Ladefläche.

Das hat Vorteile, sagte Luis der eine, wir halten die Kiste von Diebstahl frei, verhindern Raubüberfälle, Attentate und Terror, und daß der Wagen zugeschissen wird. Ohne uns ist er die Maschine los, er hat keine Chance. Der Chauffeur, Ghanese, ein Bauch- und Brustkastentyp, Schaustellermuskeln, Wadenpakete, glänzender nackter Schädel mit weißem Hut. Seine Hände – weder Hände noch Pfoten – waren Schraubstöcke eines Würgeengels. Der Name? Comocarosi? So hieß er. Dank der Schutzherrschaft auf der Ladefläche konnte er raus aus dem Wagen, in Ruhe die Beine vertreten.

Luis & Luis schlugen auf jeden Schatten, der auf den Wagen zu klettern versuchte. Prügelten jeden Finger weg, der sich an der Ladefläche zu schaffen machte. Wer was abbekommen hatte, kam nicht nochmal. Wer im Dunkeln anschlich, wurde von oben gepackt, auf die Ladefläche gewuchtet und hingesetzt, und mit Schwung in die schlafende Menge geschmissen. Rippen, Gelenke, Köpfe gingen zu Bruch, weithin hörbar. Der Schlaf der meisten auf der Erde, auf Mänteln und Packzeug, war ruhlos und flüchtig, in gestauter Erschöpfung bleiern und leer. Halbschlaf Ohrensausen, Halbschlaf Schweiß. Traumlosigkeit. Der Traum geschah im Wachsein, am hellen Tag. Im hockenden, kauernden, angelehnten Schlaf war keine Stille. Aus der Masse der Leiber kamen fremde Geräusche, unfaßbares Lärmen ohne Laut, Notdurft aus Angst und Atemzügen, schrillendes Sausen ohne Ursprung, das aus dem Erdball zu kommen schien, in traumlosen, schlaflosen Körpern Echo fand. Der eine Luis schlief unangefochten, der andre lag schlaflos, Finger in den Ohren.

Schlaflose waren zu Hunderten unterwegs, Trittstellen suchend zwischen den Schläfern, gegen Köpfe stolpernd, verirrt ohne Hoffnung, den Platz zu finden, wo die Geliebte schlief. Ihr Irren und Geistern war Schreck für jeden, der am Boden lag, zusammengekrümmt, und weg sein wollte, zu schlafen hoffte, Kind und Kleidersack in den Armen. Schrei und Aufschrei, dann Wimmern, Schluchzen, Greinen.

Einen der Geisternden kannten viele. Er weckte schlafende Kinder, sich bückend, und fragte: Bist du Awolowo? Sag was. Kein Kind war Awolowo oder wußte von ihm, kannte irgendwen oder irgendwas dieses Namens. Es gab in den Nächten gemiedene Stellen – Gräben, Schluchten, Trümmergelände –, zu denen man hinschlich, um Wasser zu lassen, sein Exkrement endlich loszuwerden, lautstark, geräuschlos.

Irgendwas stimmte nicht auf der Ladefläche – es war der Hund. Er faulte immer noch unter der Plane. Sie schlugen die Plane um den Kadaver und warfen ihn in ein Wasserloch. Das Wasser war schwerflüssig schwarz und stank, der Hund in der Plane sackte lautlos weg. Die Ladefläche war platt und frei wie ein Boxring. Aus Langeweile und um in Form zu bleiben, trainierte ein Luis den andern in Schattenboxen. Sie wickelten Lumpen um ihre Fäuste, traktierten die Luft mit gezielten Schlägen, das wurde in der Umgebung des Wagens bemerkt. Äpfel und Brotkanten flogen nach oben, halbvolle Wasserflaschen wurden gereicht. Es war kein Sportprogramm, das sie inszenierten, und die Spenden der Zuschauer hörten wieder auf.

Immer mehr Umzügler blieben auf der Strecke.

Man wühlte in ihren Kleidern und Säcken, nahm mit, was man brauchte, und drückte die Toten in Radspuren und in Löcher. Die Menschenhaufen fingen an, sich zu lichten, man legte Schritte zu, half Fahrzeuge schieben und ließ erschöpfte Leute hinter sich. Die Dunkelheit war für Mord und Plünderung frei. Erstickte Rufe, abgewürgte Schreie. Als Luis der andre nachts aus dem Tiefschlaf hochfuhr, auf halbschlafende Leute heruntersah, kam eine Gestalt querweg zum Lastwagen hin.

Luis hörte: Ihnen geht es wie mir –

Kann schon sein. Keine Ahnung, wie es Ihnen geht.

Schlecht. Ich habe zur Nacht meinen letzten Vogel verspeist.

So viel Hunger?

Es mußte schnell gehn – kamen immer andre Leute und wollten ein Stück davon.

Sie haben ihnen nichts gegeben –

Nein.

Verständlich. Sie wollten nicht teilen.

Verstehn Sie – so ein kleiner Vogel ist nicht für viele, nicht mal für zwei. Zwei hungrige Leute können profitieren, wenn sie nicht anfangen, sich drum zu schlagen. Jeder hat ein kleines Stück, wenn man sich in Ruhe läßt. Wer läßt denn wen in Ruhe. Ich mußte heimlich braten und schnell essen.

Sie haben keinen Vogel mehr –

Ich hab noch den Käfig. Bitte, wenn Sie ihn haben wollen, und mich dafür auf den Wagen lassen?

Holen Sie den Käfig. Kommen Sie rauf. Und nach einer Weile: Ich brauche keinen Käfig.

Als der Mann den Käfig auf den Lastwagen stellte, sah Luis, daß das Gesicht des Mannes grau war, der Kopf war kahl, er war alt. Dann hörte und sah er ihn pfeifen, und nichts passierte. Er schaute in die Luft, aber kein Vogel kam.

Seit zwei Nächten war Luis der eine nicht auf die Ladefläche zurückgekommen. Der Chauffeur war verschwunden, der Sprit verbraucht, die paar leeren Kanister hatte ein Kind geklaut, zusammengebunden und zog sie hinter sich her, der Krach von Metall auf Schotter war seine Musik. Die Flucht, der Umzug rückte seit Tagen weiter, der Laster stand ungebraucht in der Etappe herum, von Luis dem andern bewacht und bewohnt. Wenn es regnete, legte er sich hinter das Steuer und schlief. Der Vogelhändler, falls er einer war, hatte den Käfig auf den Wagen gestellt, hölzerner roter Kasten mit kleiner Tür, Kletterstange, Schaukel, Wassernapf. Vogelmist klebte grau auf dem Boden aus Blech.

Der Käfig ist schön, sagte Luis, was macht man mit ihm ohne Vogel.

Nichts, sagte der Vogelhändler, er schien nicht betrübt, hob beide Hände zum Himmel und ließ sie fallen. Wir stellen ihn hin und machen die Falltür auf. Vielleicht kommt ein Vogel und geht hinein, das kommt vor.

Er will da rein!

Er will drin sein bei offener Tür. Wenn die Tür zumacht, will er raus.

Haben Sie das gesehn?

Kleine Erfahrung mit Vögeln von Zeit zu Zeit –

Die fehlt mir, sagte Luis, der übrige, andre.

Ich habe Sie, sagte der Vogelhändler, mit einem andern auf dem Wagen gesehn, vor ein paar Tagen. Der andre ist, scheints, nicht mehr da.

Der andre bin ich, sagte Luis, er ist der eine und erste. Er ist fort, man weiß nicht, warum, man weiß nicht, wohin. Der Chauffeur hat ihn untergepackt und schleppt ihn ab.

Viele verschwinden in dieser Karawane. Man glaubt, sie sind tot, dann sind sie wieder da, mit einem Fahrrad, einer neuen Frau. Haben Sie Streit angefangen?

Überhaupt nicht, nein. Man gewöhnt sich aneinander.

Eine Frau hat ihn geholt –

Warum nicht, eine Frau!

Vergessen Sie es, sagte der Vogelhändler. Sie können hoffen, aber der Gott zaubert nicht.

Der Satz fiel Luis immer mal wieder ein. Was hatte der Vogelhändler gesagt? Du hoffst, aber dein Gott kann nicht zaubern.

Die Flüchtlinge, Umzügler, Haufen und Horden von Menschen, Leute in unabsehbaren Formationen, Clans und Clubs und Kinderkarawanen, waren am Lastwagen lang vorbei, zum Horizont unterwegs, vom einen zum andern. Tumulte von Händlern und Dieben mit ihren Werkzeugen, Wagen, Waffen. Der Lastwagen lag in der Piste fest, halb versunken in der zerwühlten Erde, von verlassenen Sachen weit umgeben – Wracks und Rädern, Auspuffrohren, Kinderwagen, Holz und Aschenresten großer Brände, Abfallhaufen von Flaschen und toten Tieren, Kleidern, Eimern. Die Zurückgebliebenen hörten noch – Vogelhändler und Luis auf der Empore – den sich entfernenden Rumor der Menschenwalze, Eisen widerhallend in weiten Räumen, Signale, Pfeifen, Gesang und Geheul, aufbrandende Stimmen, Gelächter und Klage, sie nahmen kein Ende und hallten fort.

Es gab noch Lebende verstreut auf der Piste, liegend, kriechend, an Stecken hinkend. Man sah und hörte: sie hielten sich fern voneinander, schlugen den Bogen und kehrten zurück in den Ursprung des Ausbruchs. Der Horizont war in alle Richtung hin offen. Der Vogelhändler mit seinem Käfig hatte sich auf den Rückweg gemacht und war als roter, dann farbloser Punkt am Ende des Erdraums verschwunden. Luis hockte allein auf der Ladefläche, ein Flachdach, das schräg zur Piste hinabhing. In Nähe und Ferne krochen Menschenhaufen, um ein Fahrzeug, eine Fahne, eine Trommel zusammengerückt. Staub zog in Wolken und Schleiern steil fort in den Luftraum.

Wo war Luis der eine und erste, Stiefbruder, Dreckskerl!

Keine Frage, er war mit unzähligen andern den Saumpfad der großen Voraussicht hinuntergelaufen, er hatte sich in Sicherheit gebracht.

Wenn Luis stillstand, den Atem anhielt und horchte, hörte er, wie Widerhall von Gewittern, Dröhnen und Rauschen im Gebiet, wo die Walze der Lebenden verschwunden war. Was nicht mehr lebte, lag auf der Piste herum und fing an zu verfallen. Einzelne Vögel, dann Scharen, dann Schwärme, machten sich über den Abfall her.

Einmal vernahm er, horchend, ein Wummern im Raum, das ihm nicht bekannt war, was Fremdes. Aber kein Feuer schlug hoch in die Luft, kein Qualm, kein Rauchpilz, der Raum blieb grau.

Da ahnte er, was gekommen war, vom andern Horizont auf der Gegenpiste – Ineinanderschlag zweier Menschenwalzen. Er machte, daß er davonkam, in eine andere Richtung.

Über dem Dach des großen Kastens, von der Piste aus sichtbar, stand auf einer Tafel das Wort OTEL, das H war weg, abgeblättert oder runtergeschossen. Aus der Fassade starrten dreizehn Fenster, das Tor in der Mitte war schwarz geschlossen. Luis bog ab, ein steiniger Fahrweg führte vor das Gebäude, dort standen ein Motorrad und ein VW. Unbekannte hatten ihm mitgeteilt, das sei das Hotel mit der einzigen Bar in dem Land hier. Was Luis beim Durchfahren von ihm wahrnahm, ließ darauf schließen, daß es ohne Anfang und Ende war. Wenn er was trinken wollte, Kaffee oder Bier, war das OTEL seine Chance.

Er lehnte sein Fahrrad unabgeschlossen ans Haus. Es war Abend geworden, das Licht wurde dünn. Der Einlaß, eine Blechtür im Brettertor, knirschte, an der Bar saß ein Mann auf dreibeinigem Hochsitz, vor sich ein Literglas Bier. Hinter der Theke war niemand. Die Beleuchtung war ein schwaches, zuckendes Rot, eine Lichtröhre fehlte. Luis setzte sich an die Bar, zwei Hocker vom einzigen Gast entfernt, und wartete ab.

Lange passierte nichts, dann erschien eine Frau, sie schien ungefähr jung, die Beleuchtung machte sie alt. Luis bestellte ein Literglas Bier. Sie stellte das Glas vor ihn auf die Theke, er erkannte das Mädchen aus der Grenzstation, das sich entkleidet hatte vor Luis & Luis, sie erkannte ihn nicht.

Hatte er ihren Namen erfahren? Ein Name fiel ihm nicht ein. Hätte er sie mit dem Namen angesprochen? Er wußte es nicht. Zum Reden waren gewöhnliche Wörter da, DANKE und FROLLEIN. War das Wort FROLLEIN unhöflich oder höflich? Eine Antwort fiel ihm nicht ein. Die Frau, die Bedienung gab nichts zu erkennen, so konnte er bei der Anrede bleiben, FROLLEIN. Das Bier im vollen Glas war Gold unter rosigem Schaum, der Rest des Biers im Glas des andern war grau.

Er sah ihn neben sich im Profil und erkannte Luis, der mal der Typ mit Namen EINER war und sowas wie sein Bärenführer, lange her. Der Mann achtete weder auf ihn noch auf die Bedienung. Wann war das gewesen? Acht, elf, vierzehn Jahre her. Es war offensichtlich, daß EINER-Luis und die Bedienung sich nicht erkannten. Also war er, der Hinzugekommene, andre, der einzige, der die andern erkannte, aus ihrer Vergangenheit und in dieser Nacht.

Bitte, es soll dabei bleiben! Das flüsterte Luis dem Zufall hinüber. Der wußte nicht, wo er hingehörte, und ob er an Luis' Seite blieb.

Von dir und mir aus, sagte die Stimme des Zufalls. Was die andern betrifft, das weiß man nicht.

Luis drehte sich zu Luis um, der erste Gast zu dem zweiten, und sah eine Weile zu ihm herüber. Der ahnt was, kommt aber nicht drauf, dachte Luis. Das Motorrad vorm Haus oder der VW gehörte ihm, der VW war neu, das Motorrad alt. Wie dieser Luis gekleidet war, auf der Theke hing und Literglas Bier trank, konnte nur er der Besitzer des Wagens sein. Und das Motorrad gehörte der Frau? In Räumen und Zwischenräumen des Kastens wartete ein Freier auf sie. War Luis egal.

Alle paar Minuten kam die Frau, deren Namen er nicht gewußt haben konnte, aus einer Hintertür in die Bar, warf einen Blick auf die Männer und ihre Gläser, und verschwand.

Haben Sie, was Sie wünschen – noch ein Bier?

Zwei Fragen, die sie zum neunzehnten Mal wiederholte,

als sie zum neunzehnten Mal in der Bar erschien. Er konnte sich nicht an ihre Stimme erinnern. Er erinnerte sich an den hellen, vollen Körper, an ein träumendes Mädchengesicht und wußte, daß keine Frau seit jener Nacht in so seltsamer Weise vor ihm erschienen war. Irgendwas mit Gittern und einem Käfig. Er wußte nicht mehr, ob sie oder er in dem Ding war, eingeschlossen oder ausgeschlossen. Die Frau in dieser Bar war nicht mehr jung, und sie war nicht schön. Er sah die Augen, die Hände und die Gestalt – was fehlte ihr. Ihr fehlte nichts, das konnte er ungefähr sehn, ihr waren bloß Traum und Freude verlorengegangen.

Bleiben Sie in der Nacht?

Ja, er blieb in der Nacht. Der Luis nebenan blickte flüchtig zu ihm herüber.

Einzelzimmer?

Ja. Einzelzimmer für eine Nacht.

Soll es nach vorn raus sein, oder hinten raus? Überall Zimmer frei.

Kommt drauf an, was man sieht und ob es da Lärm gibt –

Vorn raus sieht man die Überlandstraße, aber nicht in der Nacht. Hinten raus dasselbe ohne Straße, in jeder Richtung dasselbe, aber kein Lärm.

Es ist ein flaches, wenig bewohntes Land –

Ja, es ist still hier.

Also Zimmer mit Fenster nach vorn raus.

Bitte sehr. Zimmer neun im ersten Stock. Der andre Herr hat seine Schlüssel schon?

Einer-Luis klopfte an seine Jacke, er hatte den Schlüssel und nickte.

In einer halben Stunde ist Schluß hier. Die Herren sind dann im Haus allein. Deshalb bitte Bezahlung. Der andere Herr hat schon bezahlt.

Der andere, Einer-Luis, nickte wieder.

Nachts allein in diesem Kasten – er überlegte, was das zu bedeuten hatte, die Frau sah nicht nach Überraschung aus. Was konnte in diesem Haus von Bedeutung sein. Alles und nichts.

Als er Übernachtung und Bier bezahlte, sah er an der linken Hand der Frau goldene, silberne, farblose Ringe, an vier Fingern übereinandergesteckt, der Daumen war frei.

Ist das Ihr Motorrad da draußen?

Es gehört dem Chauffeur.

Sie haben einen Chauffeur. Das ist gut am Morgen, bei schlechtem Wetter, was!

Dazu ist der Mensch da.

Er ist da. Man kann Sie beglückwünschen, daß er da ist und gut zu gebrauchen. Das ist er doch?

Motorrad fahren kann er, und reparieren. Ohne ihn muß ich zwölf Kilometer zu Fuß –

Ich habe ein Fahrrad, es steht vorm Haus.

Nein danke! Wirklich, danke, kein Fahrrad –

Sie wollte lachen, es gelang ihr nicht. Halbschatten eines Lächelns verschwand in den Augen und Zähnen.

Die Herren kennen sich aus? Treppe rauf und erster Stock. Der eine Herr rechts, der andere links.

Einer-Luis sagte kein Wort. Er hatte nicht zugehört.

Noch ein Bier die Herren? Hier trinken, oder mit raufnehmen?

Luis & Luis bestellten ihr Literglas Bier.

Die Frau schloß Schranktüren, Kästen und Schubfächer ab. An die Bierhähne kam eine Kette mit Schloß.

Nicht nötig, Sie einzuschließen, sagte die Frau. In der Nacht kommt keiner. Oder wollen Sie hinter Schloß und Riegel?

Luis & Luis murmelten Nacht. Die Frau verschwand.

Später hörten sie Schritte im Haus und auf dem Vorplatz.

Das Motorrad sprang an, fuhr langsam zur Piste hinaus, war dort nach Augenblicken nicht mehr zu hören.

Komischer Laden. Das war, was Einer-Luis sagte, sonst sagte er nichts. Er verließ die Bar mit dem Bierglas, seine Schritte verhallten laut wie auf Steinböden eines Palastes. Als Luis später die Bar verließ, blieb die Beleuchtung an. Er wußte nicht, wo die Schalter waren, es war ihm egal, daß die Leuchter und Kronleuchter brannten, sie brannten weiter.

Sein Zimmer im ersten Stock war kalt und kahl, die Tapeten farblos grau wie die Außenmauern des Kastens. Glühbirne matt, in Kopfhöhe hängend, die Fenstervorhänge flekkig grau, wie die Unterkleider der Waisenkinder. Im Bett schien lange kein Mensch geschlafen zu haben, unter dem Kopfkissen Kot von Mäusen. Er probierte die Türen anderer Zimmer, sie waren verschlossen.

Die Nacht war trocken. Er öffnete das Fenster seines Zimmers, stand lange in Wellen von Wärme, die ohne Geruch und Geräusch aus der Dunkelheit kamen. Von Einer-Luis war nichts zu hören, das Licht seines Zimmers war gelöscht. Kein Schein fiel aus dem Haus in seine Umgebung, der VW stand, ein Schatten, formlos und schwer im Dunkel. Luis legte sich auf das Bett, horchte auf nichts und hörte nichts, drehte das Licht aus und lag ohne Traum im Dunkel. Im Tiefland draußen erschien kein Licht.

War es möglich, daß Einer-Luis ihn erkannt hatte, sich wie das Gürteltier leblos stellte, um zu entkommen. Sehr gut – einer erfüllte den Wunsch des andern. Sie hatten gemeinsam den Kasten und Nacht ohne Licht. Die Nacht war früh, 22 Uhr, er war nicht müde. Da nichts zu hören war, fiel er hinüber in Halbschlaf, dann hinunter in traumlosen Schlaf.

Die Türklinke wurde runtergedrückt. Einer-Luis erschien, wie er früher mal aussah, Mütze, Vielzweckkoffer, Wettermantel, setzte sich an den leeren Tisch und sagte: Brauchen Sie was?

Luis der andre war sprachlos.

Na, was ist – brauchen Sie Geld?

Kein Geld, sagte Luis, er hörte sich sprechen, ich habe ein Fahrrad!

Sie können ein Motorrad haben, wie der Macker der Hausdame hier. Einen VW, einen Ford, den können Sie fahren –

Kein Geld! Warum Geld kassieren, von Ihnen!

So geht es auch, ohne Geld – na dann!

Einer-Luis erhob sich vom Stuhl – Luis bemerkte den schweren Bauch, den verdickten Nacken – und schob sich über das Fensterbrett aus dem Raum, das Fenster blieb offen. Luis war wach.

Einer-Luis – das war er doch? – blieb geräuschlos verschwunden.

Die Nacht vor dem Fenster war immer noch schwarz. Eine Höllenlast Teer stürzte aus dem Raum und begrub, was hier lebte – Haustiere, Vögel, Hunde, Menschen, begrub für immer Straßen und Autofriedhöfe, Hotel, Benzinstation und das einzelne Fahrrad.

Luis lag auf dem Bett in seinen Kleidern, lag mit offenen Augen im Dunkel wach. Als er ein Geräusch hörte, ging er ans Fenster. Ein schwerer Motor rockte da draußen vorbei, auf der Piste vermutlich, von rechts nach links, von Norden nach Süden?, aber er konnte von dem Geräusch nichts sehn. Was dort ohne Beleuchtung lärmte, raste in die Nacht hinaus und fort.

Raste, und fort.

Schien die Piste zu kennen, fuhr im Schlaf, brachte die Ware – welche? – in den kommenden Tag. Danach wieder Nacht ohne Vogellaut, ohne Geruch.

Später, er hatte schon geschlafen, kam wieder was auf dem

Transportweg vorbei. Langsam, Beleuchtung aus Ritzen und Scheinwerfern sprühend, kam ein schwankender Lichtkasten längs gefahren, als ob er sich auf Rollen aus Watte bewegte. Von Musik oder Motor kein kleiner Laut. Das Ding oder Unding zog langsam die Piste hinunter, Lichtgeflimmer flog in die Umgebung des Kastens, nach einer Stunde war die Erscheinung vorbei, die Nacht wieder schwarz.

Er verließ das OTEL früh im beginnenden Tag. Frostiger Wind kam von allen Seiten. Er fror ohne heißen Kaffee im Bauch, es war eine Kälte, die er kannte.

Sein Fahrrad lehnte an der Mauer, und er fuhr weg. Der VW von Einer-Luis stand, kristallweiß von Rauhreif, im Morgenlicht vor dem Kasten.

DAS TRAGBRETT

I.

Seit ein paar Tagen trugen ihn andere. Daß es andere waren, erkannte er an den Stimmen, an Stärke und Langsamkeit ihrer Bewegung, am Umfang des Rückens vor seinen Augen, am Körpergestank hinter seinem Kopf. Der neue Mann hinter ihm war klein, er atmete schwer und sprach, aber nicht zu ihm. Mit ihm hatten wenige zu sprechen versucht, ein Gesicht, ein Kopf, ein paar Zähne, die wieder verschwanden, ein Ruf, ein Fluch, der Rachenlaut eines Gelächters, das fiel in seine Betäubung und löste sich auf, bevor es einen Sinn zu erkennen gab. Er lag auf dem Tragbrett mit hängendem Kopf und blickte auf seinen Fuß wie auf einen Berg. Der Fuß war nackt, der andere von Tuch bedeckt. Man hatte ihm eine Decke übergeworfen, die hatte er mit Mühe vom Kopf geschüttelt, sie roch nach Ausdünstung anderer Körper, von Menschen und Tieren, lebendigen oder toten, nach Rückständen Blut und Schweiß, nach Urin und Fett. Er hatte nur diese Decke kennengelernt. Er wollte nicht ersticken, solang er lebte, versuchte Luft aus dem Raum durch die Nase zu ziehen, das Dunkel unter der Decke war schlimmer als Licht. Kälte und Licht waren besser als Wärme und Dunkel, er hungerte nach Frische, nach Schnee und Sturm.

Die Landschaft, durch die man ihn trug, war weit und hell, von Taglicht erfüllte, klare Luft. Was er über sich sah, in halber Höhe, waren niederhängende Äste von hohen Bäumen, sie überflogen ihn von den Füßen her. Vögel in großer Höhe blieben länger, trieben ab und stürzten aus seinem Gesicht. Er blickte in die Richtung, in die man ihn forttrug, ein Hinterkopf schwankte vor ihm, dahinter war Norden, er glaubte, nach Norden zu blicken, solang man ihn trug.

Wie lange trug man ihn in diese Richtung, und in andere, wenn ihn Schlaf oder Koma entrückte. Auf seine Frage – hustende, gurgelnde Laute – schien nicht geachtet zu werden und er verstummte, das Loch voll alter Zähne trocknete aus, schnappte Luft aus dem Himmel und klappte zu. Von seinen Trägern wußte er nichts, erwartete nicht, etwas zu erfahren, und hatte ihre Gesichter nicht oft gesehen. Er fragte den Mann hinter seinem Kopf: WER BIST DU, und als er nichts hörte: WIE HEISST DU, so laut es ging. Der Ruf war ein Flüstern und blieb ohne Antwort. Einmal, glaubte er, war ihm geantwortet worden, vor neunzehn Zeiten hinter seinem Kopf, die Stimme schien zu lachen und sagte: AMOS. Er flüsterte Amos und fiel in Schlaf.

Seit diese Männer ihn trugen, war nichts passiert. Sie rechneten damit, daß er ungefähr lebte, daß er Laute von sich gab, doch nicht, daß er sprach. Kein Mensch hätte Worte von ihm für wahrscheinlich gehalten. Wenn er knurrte, hob ihn ein Mann vom Brett, die Notdurft verließ ihn im Freien, dann lag er wieder, und man warf die Decke über ihn. Auf ihn geworfenes Brot verschlang er schnell, was er nicht schnell verschlang, nahm man wieder weg. Man löffelte Warmes in seinen Mund, aus Flaschen und Bechern trank er selbst.

Er hatte die Träger nicht gezählt, sowenig wie die Straßen, die Tage und Nächte. Ihm schien, sie wechselten häufig, es waren viele, und es war möglich, daß sie wiederkamen, immer mal wieder dieselben an seinem Tragbrett – wem gehörte das Tragbrett? Es war auf zwei Stangen genagelt und lang wie er. Der eine trug es hinten, der andere vorn, Kopfende, Fußende oder umgekehrt, dann ging, der ihn hinten trug, vor seinen Augen, und der von vorn hinter seinem Kopf. Das Gewicht war hinten und vorn dasselbe, und schien nicht der Grund des Wechsels zu sein. Das Tragbrett war schwerer als er, die Decke leichter, und es war ihm egal, daß er wenig wog.

Sie kamen und gingen zu zweit, schwer zu unterscheiden, der eine sprach zu ihm, der andere schwieg. Wer zu ihm zu sprechen versuchte, war für ihn bemerkbar, jeder andere war Träger und fluchte oder blieb stumm. Sie trugen ihn ein paar Tage, dann waren sie weg. Austauschbar trotz ihrer Hüte und Brillen, Handschuhe, Bärte, und ähnlich in ihrem Geruch. Nicht sehr jung, nicht sehr alt, vergleichbar in ihrer Stärke, ungesprächig in Zigarettenpausen, unansprechbar, solang man ihn trug. Einmal hatten ihn Frauen getragen, nicht besser und schlechter als irgendein Mann, ziemliche Weiber, aber Frauen, Grund genug, sich an sie zu erinnern.

Die Männer, die ihn – wie lange schon – trugen, waren jung und hatten Gewehre dabei. Die Gewehre lagen auf seinem Bauch, ihn schmerzte die Last, wenn er bei Besinnung war. Vögel, die auf ihm landeten, schmerzten nicht. Der Weg durch das Baumland konnte gefahrvoll sein, doch ging er nicht so weit, zu glauben, daß man seinetwegen bewaffnet war. Seinetwegen passierte nichts, wurde nichts unternommen und nichts versäumt, und der Tod, falls er eintraf, kam nicht von draußen, der lebte von seinen Kräften, der war in ihm drin. Die Bäume standen weit auseinander, in den Zwischenräumen wuchs hohes Gras. Aus dem Norden kam Wind, der alles bewegte, was grün war, grau waren die Steine und der Sand auf dem Weg. Ein Specht war zu hören, kein Vogel zu sehen, eine Luft ohne Vögel war unvollständig für ihn. Hier war keine Straße und keine Siedlung, er nahm es wahr und fiel erschöpft in Schlaf.

Als er zu sich kam, stand das Tragbrett am Weg, die Gewehre und Männer waren fort. Eine Hand fror auf der Decke, der Wind war kalt, was mit ihm passierte, war ihm egal. Er lag auf dem Brett, sonst nichts, und es ging ihm gut. Solange er auf dem Brett lag, ging es ihm gut. Die Gewehre fielen ihm ein, als er Schüsse hörte, die Männer kamen zurück, sie trugen ein Wildschwein, legten es quer auf seinen Bauch und schoben die Gewehre unter ihn. Blut rann aus dem Tier und trocknete in der Decke, ihn betäubten Gewicht und Gestank und er sackte weg. Nachts im Halbschlaf spürte er fremde Bewegung, Köpfe von Tieren stießen ihn, Schnauzen rochen an ihm und kauten die Decke. Er versuchte, sie festzuhalten, und fiel in Schlaf.

In der Zeit, die eben verging (ein Abend im Frühjahr? Ein Morgen im Herbst ohne Duft und Laub?) wurde er nordwärts auf leeren Pisten getragen. Er hörte die Schritte seiner Träger, knirschende Sohlen auf Kies und Sand. Wenn es durch Löcher ging, hing das Tragbrett schief. Er spürte Steine an seinen Fingern, die Hand war staubig am hängenden Arm. Man blieb stehen, wenn jemand grüßte, und setzte ihn ab, das waren Leute mit Fahrrädern, Säcken, Karren, er hörte Gesprächen zu und schloß die Augen, wenn ein Mensch sich runterbeugte, um ihn zu sehen, ihn schlug oder kniff, um zu sehen, ob er lebte. Er hörte: WER IST DAS, WOHER, WOHIN, EIN VERBRECHER, wenn die Augen geschlossen waren, schlief er ein. Mit geöffneten Augen war er ausgeliefert, mit geschlossenen unerreichbar in seiner Nacht.

Es war der Schlaf seines Gleichmuts und seiner Erschöpfung, der Unbrauchbarkeit seines Kopfes und seiner Knochen, der beginnenden Agonie des vom Fleisch Gefallenen. Dünn war er, mager, wer konnte ihn noch erkennen. Es war sein Vertrauen in das Tragbrett, ob er wollte oder nicht, in die Hände der Träger, in ihre Stärke und ihren Gehorsam (der anderen zukam, nicht ihm! nicht ihm!). Es war sein Vertrauen in Tag und Nacht, in Nässe und Trockenheit, Licht und Wind. Es war sein Vertrauen in festen Boden, in die Oberfläche der Erde, Asphalt und Lehm, in Schranke und Stopschild, Bordstein, Brücke, sein Vertrauen in Brot und Wasser und seine Decke, und daß sich die Tiere vor ihm versteckten, vor ihm oder nicht vor ihm und vor seinen Trägern, ausgenommen die Vögel im Raum da oben – seine Vögel immer ausgenommen. Ja es war sein Vertrauen in den Boden, sein großes Vertrauen in Staub und Stein, wie gesagt, sein allergrößtes in Erde und Boden, auf die er nie wieder zu stehen kam und die er betastete mit einer Hand, mit der rechten, der linken oder mit beiden, mit sieben Fingern oder einem Daumen, am beliebigen Platz, wo eine Büchse lag, ein Wurm vorbeikroch, ein Blatt verfiel.

Die Piste belebte sich, Fahrzeuge kamen entgegen, überholten die Träger, das Tragbrett und ihn, Kiesel flogen über die Schuhe der Träger, Staub fiel über sein Gesicht und erstickte den Mund. Er sah die Aufbauten schneller Wagen, Stapelholz, Kräne, beschriftete Kästen, Omnibusfenster leer oder bunt von Profilen, und hörte das Flattern offener Planen im Wind, Beschleunigung starker Motoren schnell vorbei. Leute liefen am Rand der Piste, Köpfe in Gruppen und einzeln im Takt ihrer Gangart, waagrecht schwankend, senkrecht rauf und runter, Bärte, Brillen, Hüte und dergleichen. Er roch den Schweiß seiner Träger und hörte ihr Fluchen, das Brett wurde hart auf Asphalt gesetzt, auf den Vorplatz einer Raststätte in den Bergen, er entzifferte COLOMBO in flackernder Schrift. Er lag in einer Parklücke zwischen zwei Wagen, links stand eine Limousine und rechts ein Jeep. Ein Träger warf Geld in die Parkuhr und beide verschwanden, die Benommenheit ließ nach, er lag auf dem Rücken, vor Augen die Unterseiten der Karosserien, Radkappen, Reifen, Auspufftöpfe, verschlammte Achsen und tropfendes Öl. Ihn benebelte Gestank von Benzin und Kautschuk, die Motoren wurden kalt, ihre Ausdünstung blieb, seine Schleimhäute juckten und er sackte weg. Aus plötzlich geöffneter Tür fiel Musik, das war in der Nacht, er lag auf derselben Stelle, der Jeep war weg, ein Lieferwagen stand dort. Ein Mann geriet taumelnd in seine Nähe, bemerkte ihn nicht, ließ Wasser vor einem Reifen, es sprühten Tropfen auf Gesicht und Decke, aber da schlief er wieder und träumte nichts.

Wenn es morgens weiterging – es ging immer weiter – und er lag wie gewohnt auf dem Brett zwischen seinen Trägern, in Betäubung, Schlaf, Agonie, in Kälte und Fieber, gab sich keiner der Männer mehr mit ihm ab, nahm sich keiner die Mühe, zu ihm zu sprechen, und Fragen wurden ihm nicht gestellt. Solang er auf dem Brett lag und nicht daneben, Zeichen von Leben gab, einen halben Huster, war alles in Ordnung, was seine Träger betraf, was mit ihm geschah und worum es ging – ja was passierte mit ihm, allein mit ihm. Ungewißheit – und die Vermutung, das Getragenwerden könne Komödie sein, ein hingezogener Witz auf seine Kosten, und wer von dem Witz profitierte, erfuhr er nicht; die Geschichte vom Witz und den Kosten ging ihn nichts an; was immer passierte, es geschah ihm recht.

Der Gedanke kroch in seinen Kopf und sagte: Du wirst eine Weile am Leben erhalten, du wirst gefüttert und transportiert, mehr schlecht als recht ernährt und herumgetragen, halbtot oder lebend bis auf Widerruf, solang man dich nicht verhungern läßt, vom Tragbrett schmeißt, in den Graben rollt. Zwei halbe Seufzer dem Tod voraus, es muß dir nicht gutgehn, so ist das nicht, du sollst bloß nicht krepieren in diesem Moment, man verlangt, daß du lebst, man hat noch was mit dir vor.

Der Gedanke rückte näher und sagte: Damit du dir nichts vormachst, damit du Bescheid weißt. Ein Kind ist zu früh aus der Mutter gefallen, aber wer sagt denn, daß es sterben soll. Oho, es darf nicht krepieren, bevor es gelebt hat, man versorgt es im Brutkasten und es lebt, es atmet und schreit, der knapp geratene Mensch. Man erlaubt ihm nicht, sich davonzumachen, es wird gewogen, gemessen, gewaschen, es wird ernährt und in Schlaf versetzt. Langsam, man läßt sich Zeit mit ihm, es nimmt an Gewicht und Beweglichkeit zu, die Augen beleben sich und die Haare wachsen, es beginnt zu sprechen, es lacht und weint, es ist stark genug, um zu leben, und das genügt. Es ist in der Lage, transportiert zu werden, erhält einen Namen, wird registriert und mit anderen Kindern in einen Wagen gesteckt. Der Wagen fährt weg und kommt leer zurück. Das Kind bleibt an einem Ort, den nicht jeder kennt, und wird mit den andern im Ofen verbrannt.

Der Gedanke sagte: NICHTS FÜR UNGUT, und ließ ihn mit der Geschichte allein.

Es gab mal ein Leben auf zwei Beinen, eigenes Leben vor der Tragbrettzeit, senkrecht fliegend, Frauen im Arm, Kopf hoch, beweglich in vierzig Ländern, Flüge und Flußfahrten, Strände am Meer. Und eines, dem die Zähne abhanden kamen, dem der Rücken und die Wirbel schmerzten, dem Magen und Galle entnommen wurden, dessen Augen sich trübten (Magen und Galle weiter abgezogen, Zähne und Wirbel abgezogen), dessen Haare grau, dann weiß wurden und ihn verließen, Blut und Knochen ausgewechselt, kalte Füße, Stock und Hut, dessen Hände zitterten, dessen Schlaf ihn im Stich ließ, Leben, immer noch Leben und daher sitzend, Dasein ohne Laufen, Tanzen, Treten, bis auch das Sitzen sich als unmöglich erwies, Tisch und Stühle abgezogen wurden, Schritt und Umarmung abgezogen, langsam, in langen Etappen Schmerz und Zorn, Selbstverhöhnung, Entsetzen und mitleidlos, ohne Gottgeschenke und ohne Erbarmen, wie man im Regen eine Schnecke zertrat, eine Schlange mit der Schaufel zerteilte, einen Hund zehn Meter tief in den Brunnen warf, Ohnmacht und Langeweile dazugerechnet, zuletzt ein Dasein, aber kein Leben mehr, Stehen, Gehen, Fliegen abgezogen, der vorhandene Mensch lag flach, er stand nicht mehr auf, und teilte, was teilbar war, mit Tragbrett und Decke.

Das sind Geschichten, die er sich selbst erzählt, sowas wie Wahrheit immer abgezogen, Tausendsachen ohne Wahrscheinlichkeit. Die Geschichte, wie man aufs Tragbrett kommt, auf dem Tragbrett liegt und unter die Decke kommt. Nein. Es gibt die Gegenwart und das Nichts und vielleicht ein paar Vögel über ihm. Es gibt – es gab nicht – das Tragbrett, die Decke und ihn, immer dieselben der Reihe nach, immer dasselbe fortgesetzt.

In der Zeit, die verfliegt, verflog, verflogen sein wird. In diesem Moment, er erkennt ihn, er kennt ihn schon lange, wiederholt sich ein Mittag im Süden der Welt. Das Land ist flach und heiß, eine leere Steppe. Durch Steine, Rotsand, verdorrten Salbei zieht die Staatsstraße 5 von Ost nach West. Sie durchquert eine Siedlung, die niemanden aufhält, die Häuser sind niedrig, die Fenster klein und die Läden geschlossen gegen das Licht. Es gibt eine Feuerwehr und ein Gotteshaus, die sich nicht von den Häusern unterscheiden, einige sind bewohnt, ein paar andere leer, ein Unterschied wurde nicht bemerkt. Es gibt eine Tankstelle, die verfällt, vier Benzinpumpen liegen im Land herum. Das Fenster ist eingeschlagen, die Türe fehlt, und das Wort TEXACO hängt schief, mit verrutschtem c. Der Fernverkehr zieht Staubfahnen durch den Ort. An der Hauptstraße steht ein Haus mit offener Tür, das Wort CAFE ist mit Kreide darübergeschrieben. Vor der Tür ein Blumentopf und ein Tisch mit zwei Stühlen. Dorthin kommt an jedem Mittag derselbe Blinde, geführt von demselben Jungen, ein mageres Kind. Es steckt in durchlöcherten Jeans und zertretenen Sandalen, sein Haar ist lang und schwarz, es wächst ohne Frisur, seine Fingernägel sind schwarz, seine Augen schwarz, und die Blicke sind dunkel und starr auf den Boden gerichtet, dort könnte was liegen, ein toter Hund, dort lagen schon Ratten und zerfetzte Pneus. Der Blinde ist hoch und hager, setzt steife Schritte, seine Augenschlitze sind schmal wie bei einem Chinesen, aber dunkel und hohl, die Pupillen sind nicht mehr drin. Die linke Hand hält einen Stock, die rechte ist in die Schulter des Kindes verkrallt. Die Finger sind dünn und hart und die Schulter schmerzt. Daß die Schulter schmerzt, weiß der Blinde und spürt das Kind. Sie gehen die Straße hinunter zum CAFE, das Kind hilft dem Blinden auf einen Stuhl, geht ins Haus und kommt mit zwei Bechern zurück. In den Bechern ist Wasser, es wird getrunken, das Kind trinkt schnell, mit geschlossenen Augen, der Mann hält den Becher vor das Gesicht, der Becher ist kühl in der Hand und erfrischt die Finger – und er wußte nicht, war er der Blinde gewesen oder das Kind mit dem schwarzen Blick.

Er fror auf dem Tragbrett, die Decke war weg, was von ihr übrig war, lag im Land verstreut. Ein paar Leute standen um ihn herum, sie wollten wissen von ihm, was hier passierte, was das Tragbrett bedeute, warum er nicht zugedeckt sei. Er lag in Kittel und Hose auf dem Brett. Wie immer glaubte er, laut zu sprechen, und wie immer war seine Antwort ein brüchiges Husten, eine Atemnot, der nichts zu entnehmen war. Es war ein kalter Morgen am Rand eines Weilers, die Träger fehlten, sie schliefen bis in den Tag, im Hotel, im Schuppen, auf offenem Feld? Der Mensch, die Decke, das Tragbrett gehörten zusammen, in der Reihenfolge Tragbrett, Decke und Mensch, er nahm seinen Stellenwert als gegeben hin. Daß hier eine Decke fehlte, sah jedes Kind. Ein Mann zog die Lederjacke aus, zwei Frauen legten sie über ihn. Er hörte Stimmen: WAS LIEGT DER ALLEIN HERUM. Der Morgen war vorbei, als die Träger kamen, er sah, sie hatten die Nacht mit Frauen verbracht, sie rochen – er roch es – nach Parfüm und Wein. Aber es waren andere ohne Wildschwein, einmal mehr andere ohne Gewehr. Als sie kamen, zog der Mann seine Jacke weg. Wo nahm man für ihn eine Decke her, eine Decke für den kalten Joe.

Er hörte die Stimmen der Leute – DER MENSCH HEISST JOE. Man wußte nicht, wer er war und woher er kam. Er hatte einen Namen, vielleicht eine Ziffer, auf der Unterseite des Tragbretts notiert.

Keine Zahl, keine Ziffer, kein Name Joe.

Kein Träger hatte Lust, eine Decke zu kaufen, eine Decke zu organisieren, sie wollten weg. Sie übernahmen den Menschen, wie er war. Warum nicht zwei Säcke, auseinandergeschnitten, in der Welt lagen überall Haufen Säcke herum. Eine Decke wurde gebracht, sie kostete nichts, es gab kein Pferd mehr in diesem Land. Eine Pferdedecke deckte ihn zu, aus der der Geruch verschwunden war. Und auf ging es, weiter!

Du haust nicht ab, und wenn du zurückkommst, liegst du auf der Decke unter dem Brett. Die Träger hatten einen Witz gemacht, beide lachten und gingen fort.

Er lag auf dem Grundstück einer alten Fabrik. Durch die Asphaltböden brach das Gras. Kabelrollen, umgestürzte Loren, metallene Boxen und Hütten aus Blech. An umgebenden Gräben wuchs dichtes Gebüsch, vereinzelte Birken standen im Land. Die Nacht kam mit Fledermäusen und Eulen, lautlose Unruhe über ihm. Die Stelle, auf der er lag, war kein Garten Eden, schlecht oder gut genug für eine Nacht, ihm gefiel die Gewißheit, daß es weiterging. Manchmal am Wasser, in der Nähe von Gärten, verspürte er den Wunsch, eine Weile zu bleiben, sich selbst überlassen zu sein, vielleicht für immer, allein mit ein paar Vögeln und einem Baum. Aber man trug ihn weg und der Wunsch verging. Er lag unterm Vordach einer Baracke, in Reichweite eine Flasche und etwas Brot, allein solange die Männer sich amüsierten, allein mit dem Gedanken, gekidnappt zu werden, Unbekannte verluden ihn auf ein Schiff, zogen ihn an Seilen und stemmten ihn hoch. Diebe überraschten ihn in der Nacht, warfen ihn vom Tragbrett und nahmen es mit, nahmen die Decke mit und ließen ihn liegen, man hatte sich einen Witz erlaubt, und er lag auf dem dreckigen Boden neben dem Tragbrett, die Decke halb über ihm und zur Hälfte im Dreck. Er schien besinnungslos vom Brett gefallen und ein paar Meter weit weggerollt – gerutscht – gekrochen, irgendwas in der Art. Die Flasche war umgefallen, das Brot war weg. Er lag still, um herauszufinden, was mit ihm passiert war, aber der Gedanke ließ ihn allein, das Gedächtnis gab keine Auskunft, die Decke schwieg. Schläfriger Schmerz nahm sich seiner an. Bevor er einschlief, überlegte er – versuchte zu überlegen, irgendwas – und daß man ihn heimlich abtransportierte, auf verstohlene Weise zu tragen schien, auf Nebenwegen, durch unbewohnte Gebiete – irgendwas mit Vorsicht und schwarzem Gewissen. Der Gedanke ließ ihn im Stich und er sackte weg.

Gegen Morgen kamen die Männer zurück, betrunken, stinkend, und nahmen sich seiner an. Sie schlugen ihn zusammen, zogen ihn hoch, schmissen ihn hin und zogen ihn in die Höhe, ließen ihn fallen und traten ihn platt – DAS MACHST DU NICHT NOCH MAL – HIER WEGMACHEN – ABHAUEN! Als sie mit ihm fertig waren, schliefen sie neben ihm bis in den Tag.

Eine Zeitlang trug man ihn nur in Nächten. Den Männern war das Gebiet vertraut, sie hatten Taschenlampen und Stöcke dabei. Es war ihnen anzumerken, daß etwas nicht stimmte, irgendein Ort schien umgangen zu werden, ein Schauplatz wurde gemieden, vielleicht ein Krieg, eine Quarantäne, ein Sperrgebiet – er erhielt keine Auskunft. Man überquerte unbefahrene Straßen, kam mit keinem Ort in Berührung und keiner Behausung, hielt sich stundenlang in Wäldern verborgen, machte kein Feuer und rauchte nicht. Manchmal kam Hundegebell aus dem Raum, dann setzte man ihn ab und stand horchend still. Die Vorsicht der Männer war Gewohnheit, sie zeigten sowenig Angst wie er (ihm war alle Angst abhanden gekommen, keine Angst mehr, seit er liegend lebte, den Vortod erfahren hatte, die Luft anstarrte). Die Tage verbrachte er mit den Trägern, in Hütten und Höhlen, im Schutz dichter Hecken. Einer der Männer wachte, der andere schlief.

An einem Morgen gingen sie fort – KOMMEN ZURÜCK blieb in seinem Ohr, ein Echo, als der Abend gekommen war, der erste, der zweite Abend, das war ihm entgangen, in Entkräftung und Schlaf, als er glaubte, von Vögeln zu träumen. Er lag von Buschwerk umgeben in einer Mulde, allein mit zwei Elstern und ihrem Krach. Wo Elstern lärmten, kam keine Amsel hin. Einmal weckte ihn ein starkes Geräusch, da sah er, daß Regen auf ihn fiel. Große Tropfen schlugen in die Decke, klatschten auf das Tragbrett und sein Gesicht, immer mehr Regen schwer und schnell, er schloß die Augen, das konnte er für sich tun. Die Luft über ihm war schwarz vom Geprassel des Regens. Mit geschlossenen Augen lag er still, Wasser drang kalt durch die Decke an seine Haut. Er fror nicht, aber ihm wurde kälter, das Buschwerk um ihn und der Himmel rauschten, es gab keine trockene Stelle mehr. Unter dem Tragbrett bildete sich ein Teich. Er lag in der Mitte des Regens und fühlte nichts, Wasser umgab ihn, drang in ihn ein, vermischte sich mit dem Blut und spülte es weg. Daß keiner kommen würde, bewegte ihn nicht. Ein halber Gedanke schien zu sagen: JETZT KOMMST DU UM. ES IST DER TOD. Er hörte die Stärke des Regens und sackte weg.

Er lag nackt auf dem Boden in der Sonne, ein Mann mit Gartenschlauch spritzte ihn ab, ein anderer schrubbte ihn mit der Bürste, er hörte ihr Lachen – BRUDER, DU STINKST! Als er gewaschen war, sah er sich um, die Decke hing trocken an einer Leine, das Tragbrett lehnte an einer Wand. Der erschöpfte Körper erwärmte sich bald. Man steckte ihn in Hemd und Hose und legte ein Kissen unter den Kopf. Er erhielt einen Apfel, den er umständlich kaute, ein Gedanke sagte ihm: DAS IST GUT. Im nahen Haus waren Menschen und Tiere, aus offenen Fenstern kam Musik. Eine ernste Frau gab ihm eine Spritze, ein Hund besuchte ihn, ein Kind sah ihn an.

Die Männer hoben ihn auf das Tragbrett und legten die Decke über ihn, sie duftete frisch nach Seife und Gras. Dann lag er in einem Lieferwagen, auf dem Brett zwischen Säcken und Koffern, und träumte nicht. Die Ladefläche war offen wie ein Balkon, er sah in den Himmel hinunter wie in ein Meer. Der Wagen fuhr schnell auf belebten Chausseen, Platanenlaub flog durch die Luft und ein Vogel schrie. Die Wärme des Abends gab ihm Vertrauen, sie machte ihn schläfrig, aber er schlief nicht ein.

Nachts hielt der Lieferwagen vor einem Hotel. Die Männer freuten sich, er war noch da, man trug ihn in einen Raum zu ebener Erde und legte ihn auf ein breites Bett. Er wußte nicht, was mit ihm passierte, er hatte verlernt, im Bett zu sein, eine junge Frau saß neben ihm und rauchte, Frauen saßen und standen im Raum, die Männer spielten mit Gläsern und Flaschen und betrachteten die Frau und ihn. WOLLT IHR ZUSCHAUEN? HIER GIBTS NICHTS ZU SEHEN –. Die Männer winkten mit ihren Gläsern und schoben die Frauen aus dem Raum. Er blieb mit der rauchenden Frau allein.

Eine Frau, ein Bett und er im Licht einer Lampe. Das Licht war gedämpft, im Nebenraum wurde getanzt, er hörte Tango und Rock 'n' Roll. Ihr Versuch, mit ihm zu sprechen, war bald erschöpft. Sie horchte in sein Gemurmel und merkte, daß der Mensch keine Stimme mehr besaß, ohne Sprache zu leben schien wie ein altes Tier. Seine Augen leuchteten, weil sie bei ihm war, sie wußte, was in den Augen von Männern geschah. Alles in seinen Augen war gut für sie. Sie ließ sich Zeit, seine Kleidung zu öffnen, und hatte viel Zeit, sich für ihn zu entkleiden, im Blick dieses Unbekannten nackt zu sein. Sie hob seine Hände an ihre Brust, ihre Finger bewegten sich über seine Haut, langsam, in vollkommener Lautlosigkeit, die der Mann, sie spürte es, wie in Trance erfuhr. Er erlebte etwas mit ihr, das kein anderer wünschte – in den Betten und Nächten der Profession –, das zu geben ihr sonst nicht möglich war. Und sie freute sich, daß hier niemand sprach, sie war froh, nichts vorzutäuschen in diesem Bett, das vielleicht das letzte des Mannes war. Als sie von ihm runterkam, schien er zu schlafen, sie zog eine Decke über ihn.

Sie verschwand im Bad, dann in ihren Kleidern, und ging auf die Party nebenan. Gegen Morgen, während er schlief, kam einer der Männer und stellte ein Weinglas neben das Bett.

Als er wach wurde, lag er auf seinem Brett, die Decke war da und ein Kissen unter dem Kopf, das vielleicht bei ihm vergessen worden war. Er hatte von nun an ein Kissen unter dem Kopf. Zwei Fremde tauchten auf, sie trugen ihn weiter, er wurde wie immer getragen auf seinem Brett, unter seiner Decke, und hatte Zeit, Ruhe für alles und nichts und einen Traum – eine Nacht, ein Bett, eine Frau ohne Namen, schwarz fallendes Haar auf seiner Haut, die Stimme, der Mund an seinem Gesicht, die Brüste, die Beine, die Wärme der Hände, Duft ihrer Kleider –

Sie kamen am Morgen in eine Siedlung, dort lagen Verwundete und Tote herum. Sie hörten: hier war in der Nacht ein Massaker passiert. Häuser mit Einschußlöchern, zerschlagene Türen, schwärzliche Flecken und Rinnsale Blut. Einzelne Köpfe lagen in den Straßen, Menschen und Fahrzeuge standen in Mengen da. Er kam sich auf dem Tragbrett geborgen vor, als werde er in einer Sänfte getragen, als fahre er im Taxi durch einen Slum. Die Träger versuchten, in ruhige Straßen zu kommen, doch er und das Tragbrett wurden bemerkt, ein Mann mit Armbinde hielt sie an. Ihr habt bloß einen, nehmt noch einen mit – den da. Er wies auf eine Frau, die im Rinnstein lag.

Einer der Träger winkte ab. Geht nicht. Der da – er zeigte auf ihn mit dem Finger – kommt anderswo her und muß anderswohin. Und der andere Träger sagte: – hat mit der Sache hier nichts zu tun.

Mann halt die Klappe, stell das Brett ab, na los! Der Mann mit der Armbinde stand im Weg. Und er sah die Wut seiner Träger und ihre Hände, sie hatten keine Hand frei, um zuzuschlagen. Ein Paar Frauen kamen und sahen zu, die Träger stellten das Brett hin und warteten ab. Die Frau wurde aus dem Rinnstein gehoben und der Länge nach auf ihn draufgepackt. Man hielt ihn für tot oder halbtot, die Frau war tot. Die Träger hoben das Brett an und gingen weiter, mit ungleichen Schritten, die Frau war schwer. Ihr Gewicht lag ihm hart auf Brust und Bauch, er atmete laut durch ihr dichtes Haar und wußte, das hielt er nicht lange aus. Immerhin, der Geruch der Frau war gut.

Werfen wir sie runter, sagte der eine. Und der andere: Erstmals raus hier, das gibt sonst noch was.

Ist die überhaupt tot –

Keine Ahnung. Lebendig sieht sie nicht aus.

Ist auch egal –

Überhaupt nicht egal, die wiegt doch was!

Ja, die wiegt was. Hast du mal Zentnersäcke Kartoffeln getragen?

Nein.

Baumstämme?

Nein.

Jedenfalls, die wiegt was, ich mach das nicht lange mit –

Erstmal raus hier, das dauert noch.

Aber nicht mehr lange, mit dem Gewicht –

Er spürte die Temperatur ihrer Haut und wußte, sie war bloß bewußtlos, sie lebte noch. Und der Gedanke sagte zu ihm: Man zieht eine Tote von dir runter, und was passiert mit ihr, wenn sie lebt? Er rief: Sie lebt noch! Aber nur der Gedanke hörte ihn.

Eine Meile weiter hielten sie an. Dort war ein Bachbett mit Büschen, wo keiner sie sah. Sie hoben die Frau von ihm weg und er atmete wieder, und lehnten sie für den Fall, daß sie lebte, mit Kopf und Rücken an einen Pfahl. Jedenfalls sah das nicht schlecht aus, sie waren zufrieden. Einer legte ihr Kaugummi in den Schoß.

Nachts ging ein Dieb durch die Häuser am Fluß. Er sackte ein, was ihm in die Hand fiel, Großgeld und Groschen, Kleider aus Seide, Silberlöffel, Brillanten, Broschen, gefälschte Ware und Gold aus dem Safe. Im Flur einer Villa stand ein Hund, schien ihn erwartet zu haben und bellte nicht (von Frost oder Hunger ins Haus getrieben? Vom Zufall dort eingeschlossen? Von wem bestraft?). Er lief ins Freie und stand dabei, als der Dieb das Zeug in den Wagen lud. Folgte ihm, als er durch Kneipen die Runde machte. Saß vor der Tür des Bordells und erwartete ihn. Der Dieb rief: Na los, hau ab! doch der Hund blieb da. Er warf einen Stein, doch der Hund lief nicht fort. Versetzte ihm einen Tritt, doch der Hund wich aus und begleitete ihn die ganze Nacht. Er sprang zu dem Dieb in den Wagen und blickte ihn an. Sah ihn Brot aus der Tasche essen und bettelte nicht. Lag neben ihm und schlief, als der Wagen fuhr.

Du wirst mich verraten, sagte der Dieb, du setzt die Leute auf meine Spur. Du bellst im falschen Moment und ich bin dran. Na los, hau ab, ich hab dich nicht geklaut, du bist dreckig und stinkst.

Der Hund ließ ihn reden und blickte ihn an.

Soll ich dich totschlagen, rief der Dieb, verdammt nochmal in den Brunnen werfen. Ich werf dich in den Brunnen, da bist du weg. Ich kann dich nicht brauchen, du bist zuviel, also sei vernünftig, hau endlich ab.

Der Hund blieb liegen und sah ihn an.

Und er wußte nicht, war er der Dieb gewesen oder der Hund mit dem dreckigen Fell.

Sie erreichten den GROSSEN KADAVER von Süden kommend, die Flanke lag grau vor Augen, ein nacktes Massiv, der Weg, den sie kamen, führte in ihn hinein (einer von zahllosen, die sich in ihm verloren), durch wechselnde Höhlen des geschlechtslosen Leibes, durch ungesicherte Zonen zum Ausgang im Norden, durch mumifizierte Gewebe von furchtbarem Ausmaß, erodierte Gelenke, zerfallende Knochen. Er stürzte vor sechzig Jahren aus dem Raum, langsam sinkend, als sei er an Ketten befestigt, als werde er mit Vorsicht heruntergelassen, ein Koloß, der sich wochenlang immer tiefer bewegte, begleitet von starken Stürmen und Eis aus dem All. Der Aufprall zerschüttelte ihn, doch blieb er erhalten, lag ausgestreckt auf dem Rücken, an einem Stück, und begrub zweihundert Meilen des Kontinents. Unter ihm verschwanden zwei Länder und sieben Provinzen, in Eile evakuiert und zurückgelassen (mit Autobahnen, Metropolen, Flüssen – Industrien, Plantagen, Monumenten – Kraftwerken und Küsten). Der Kopf lag im Tiefland, die Füße hingen ins Meer, ein Arm ging in weitem Winkel vom Körper ab, und die Faust lag kompakt wie ein Fels am Gebirge fest. Er wurde starken Strahlungen ausgesetzt, man ließ sich auf ihn herunter und grub in ihm, schlug Stollen und Schächte in das harte Fleisch – unbekannte Materie –, entnahm Gewebe, bohrte Adern frei, planierte Pisten, baute Passagen aus, legte Fahrbahnen, Fließbänder, Schienen durch Stoff und Gewebe, installierte Elektroanlage und Meßgerät. Auf dem Bauch hatte Buschwerk zu wurzeln begonnen, in Schluchten und Mulden der Haut wuchsen Kraut und Farn (Haut, die rauh und brüchig wie Sandstein war). Es wurden Treppen gebaut, um ihn zu erklettern, es führten Lifte auf Schultern und in den Kopf. Wirbelwind durchraste die Innenräume, trocknete die Materien, vertrieb den Gestank, um Brustkasten, Knie und Kopf kreiste kalter Sturm. Der Leib wurde eingegliedert in die Provinzen, zum Bestandteil der Geographie gemacht, man baggerte Vorgebirge an seine Hüften, sprengte Öffnungen in die Haut an zweihundert Stellen (die Ein- und Ausgänge wurden als DURCHLASS markiert). Man hoffte, ihn zu erschließen in wenigen Jahren, doch schien sich der Leib jeder Festlegung zu entziehen. Seine Dimensionen dehnten sich aus oder schrumpften, die Stoffe wucherten oder lösten sich auf. Immer neue Gewebe wurden entdeckt, ohne Entsprechung zur menschlichen Anatomie, Verwachsungen, Labyrinthe voll Schwamm und Blutschlamm, Abflüsse der Aorta, von Würmern belebt. Menschen entzogen sich in diesen Abgrund (in der Gewißheit, nicht verfolgt zu werden), Unzählige drangen ein und verschwanden für immer. Siedlungen wurden gebaut und Camps errichtet, bewohnt von Arbeitern, Technikern, Forschern, es entstanden Labore, Bordelle und Krankenstationen. Selbstmörder gingen im Dunkel zugrunde, Hasardeure und Tramps, von niemand vermißt.

In den Leichnam vorzudringen galt als gefährlich – da machten nur hirnverbrannte Idioten mit –, doch auch als Chance, die verbrauchte Welt zu verlassen, noch einmal hinzukommen, wo niemand war, überhaupt nochmal unbekannte Substanz zu berühren, die nicht benannt worden war oder vorgeprägt, nicht vergiftet, erklärt oder numeriert. Was war dieser Leib, wo kam er her. Ein Ding oder Unding, nicht zum Gebrauch bestimmt. Mißlungene Imitation einer Gottheit – Zerrbild, Fälschung, Blasphemie? –, eine kosmische Mißgeburt, auf den Erdball verstoßen, ein Vorbote unvorstellbarer Invasionen, Gott ohne Leibwache oder Heiligtum, Kretin einer Unterwelt oder Engel, der sein Ausmaß unterbot oder überschritt, den ihm zugedachten Weltraum verfehlte, auf der Flucht vor Monstervölkern und Parasiten, die ein nicht offenbares Universum bewohnten – mißbrauchten – zerstörten –, auf den Planeten verbannt und zur Mumie gemacht.

Er wurde drei Tage lang durch den Kadaver getragen, auf platt gewalzten Strecken der Lungengebiete, vorüber an Sperrbezirken voll Nässe und Sumpfkraut, auf elastischen Hängebrücken ohne Geländer, über nicht einsehbare Tiefen hinweg, durch pulvernden Blutstaub und Mauern aus rissigem Horn, an Ketten verkarsteter Wirbel entlang, durch geplatzte Knochen und Schluchten voll Mulm und Salz. Er fror oder schwitzte unter der Decke, erwärmt von heißen Dämpfen, erfrischt von Wind, der durch Engpässe leerer Knochen fauchte, schlief wie die Träger benommen von fauligen Dünsten, in der Nähe von Feuern, unter mattem Flutlicht, unwillig horchend auf nahe und ferne Geräusche – sausender Flügel, aufschlagender Tropfen – und Gebrüll von Minotauren, die nicht existierten. Die Träger schwankten und taumelten oft, ermüdeten schnell, verfluchten das Brett und ihn, den Kadaver, das Brett und sich selbst und schafften ihn nur mit Mühe zurück, als er, fallen gelassen, in einer Barranca verschwand. Man trug starke Lampen vor den Bauch geschnallt, vermied es, allein zu gehen, wenn das möglich war, lud das Brett mit ihm auf langsame Wagen, schloß sich Fremdenführern und Reitern an, überholt von Planiermaschinen und Unfallwagen, lärmenden Kuhfängern, Sturm und Staub. Ein paar Raststätten hingen an der Piste, Verkaufsstationen für Jod und Konserven, Sauerstoffkapseln und Batterien.

Sie verließen den GROSSEN KADAVER an einem Morgen im Frühling, die Träger betranken sich und schliefen ein. Er lag unter blühenden Bäumen, erkannte Vögel, und sah durch geschlossene Lider ins Licht.

Nachts setzte sich einer zu ihm und sagte: Du kannst nicht schlafen, das sehe ich gleich, durch die leere Luft, wenn einer nicht schläft, weil er den Traum nicht rauslassen will oder daliegt und Hunger hat und nicht weiß, ob er seine Jackenknöpfe auffressen soll. Macht nichts, der eine redet, der andere hört zu, und wenn ich rede, schläfst du ein und ich rede, jedenfalls, wenn ich nicht schlafe, ich bleibe nicht liegen, ich laufe rum und rede allein, hier auf den Straßen oder am Fluß, reden ist gut und rumlaufen auch, außer im Regen, im Regen läuft keiner rum, es ist ja nicht so, daß ich laufen muß, mit Schirm und Kapuze, wo ist da der Witz, nicht daß ich laufen muß, ich muß nicht laufen, ich kann auch im Trocknen sitzen, so ist das nicht. Ich gehe zum SITZENDEN MANN, du kennst ihn, von dem hat jeder hier in der Gegend gehört, die SITZENDEN MÄNNER sind ja bekannt alle beide, ich bin beim SITZENDEN MANN am Nordufer hier, bringe ihm Zigaretten und was er braucht, er braucht Äpfel, Salz und Wegwerfrasierer, wer zu ihm geht, bringt automatisch was mit, weil er praktisch nie vom Nordufer wegkommt, wie der andre vom Südufer, der kommt auch nicht weg, der ist froh, der andere auch, wenn ihm jemand Kaffee bringt, Büchse oder Thermosflasche egal, er bezahlt das sofort oder später oder macht Schulden, warum soll er nicht Schulden machen, jeder macht Schulden, wer hier keine Schulden macht, das gibt es nicht. Er sitzt vor dem Haus, der andere am Südufer auch, sitzt vor dem Haus und sieht übern Fluß, sie sitzen sich gegenüber, mit Wasser dazwischen, die haben sich immer gegenübergesessen, und das ist alles, mehr weiß man nicht, eine Geschichte ist das nicht. Keine Geschichte, aber man kann es erzählen. Sitzen sich mit Ferngläsern gegenüber, und man denkt, die winken mal oder telefonieren, lassen Briefe rüberbringen, Zeitungen, was weiß ich, man kann doch was rüberschicken, so ist das nicht, wir haben ja eine Fähre zehn mal am Tag, aber die sitzen vor ihren Häusern, der eine im Liegestuhl und der andre im Sessel, und wie das aussieht, ist alles in Ordnung, man denkt, zwei Käuze zwinkern sich zu. Aber keine Rede davon, die giften sich an, die hassen sich, wie sie da sitzen vor ihren Häusern, der eine im Liegestuhl, der andere im Sessel, die ertragen gegenseitig den Anblick nicht, der ist aber da, der Anblick, von morgens bis abends, wie der andere so dasitzt im Sessel und man hört: Wenn der mal herkommt, das gibt noch was. Wenn ich den in die Finger kriege mit seinem Fernglas, der Mensch ist nicht festgewachsen, er ist kein Pilz. Nachts sitzen sie in ihren Häusern, man fragt sich, was sie da machen allein im Haus, man sieht die erleuchteten Fenster bei jedem Wetter, außer im Nebel manchmal, da sieht man nichts, man sieht die erleuchteten Fenster die ganze Nacht. Man fragt sich, was passiert, wenn der eine stirbt, was macht dann der andere. Einer allein auf seinem Ufer, überhaupt nicht vorstellbar einer allein. Einer allein ist doch ein Witz, der bringt sich um, wenn er nichts gegenüber hat, der haut ab ins Wasser mit seinem Haß. Nicht meine Sorge, ich laufe rum, du ahnst nicht, wie viel ich rumlaufe morgens bis abends, und abends bis morgens in der Nacht, und sehe die Schleppkähne draußen im Fluß, beladen mit Kohlen, mit Blechmüll, mit Sand und Ziegeln, mit Zement, mit Bauholz – du lieber Himmel! –, mit Steinen und Knochen und Konserven. Der eine schwimmt leer flußabwärts, beladen flußaufwärts, der andre schwimmt leer flußaufwärts und dann flußabwärts, flußaufwärts, flußabwärts, voll oder leer, was anderes gibt es hier nicht, da ist nichts zu machen, aber keiner regt sich da drüber auf, keiner schmeißt Steine auf ein leeres Schiff. Der eine geht, der andere sitzt oder liegt, was hab ich gesagt, ich rede und du schläfst ein, der eine redet, der andere schläft, das ist das Gute daran, man redet und schläft, redet am Tag und schläft in der Nacht oder umgekehrt, schläft lieber am Tag, man trifft sich und weiß nicht, wie das passiert, einer ist immer irgendwo –

Sie erreichten am Abend ein Flüchtlingscamp und setzten ihn in einer Baracke ab. Es gab hier mehr Leute als in großen Städten, Baracken und Lagerstraßen überfüllt. Stehende, sitzende, liegende Leute, Schwärme von Kindern, Frauen, Greisen, Kartenspieler und Taschendiebe, Händler, Redner, Trinker, Träumer. Der Gedanke kam und sagte: Die Leute sind wahr, die sind nicht vervielfältigt worden, die wurden geboren, jeder einzelne mit seinem Hunger, mit seiner Absicht, mit seinem Geschlecht. Sieh sie dir an, vergleich dich mit ihnen. Er sah sie an und dachte nicht an sich.

Ein paar Kinder stellten sich vor ihn hin und fragten, was mit dem Tragbrett sei, sie sagten Brett.

Er fand keine Antwort, der Gedanke half. Du sagst, es ist

ein Tragbrett, es ist keine Bahre. Er sagte, es ist ein Tragbrett, es ist keine Bahre, und nur der Gedanke hörte ihn.

Kannst du nicht sprechen, fragte ein Kind.

Sag ihm, daß du nicht sprichst, sagte der Gedanke, du willst nicht sprechen. Er sagte, ich will nicht sprechen, ich spreche nie! Und nur der Gedanke hörte ihn.

Er will lieber nicht sprechen, sagte ein Kind. Und ein anderes: Er ist ja auch viel zu alt.

Sag ihnen, du bist nicht alt und du bist nicht jung. Sag ihnen überhaupt nichts, riet der Gedanke. Er folgte dem Gedanken und sagte nichts.

Und deine Ohren? Die Kinder blickten ihn an, ein Kind brach in Tränen aus, ein anderes lachte.

Sag ihnen, du bist nicht stumm, du willst bloß nicht sprechen, du hast genug gesagt, deine Ohren sind gut. Er rief: ich war auf den Beinen wie ihr! Wie ein Wiesel gelaufen, so ist das nicht! Der Gedanke hörte ihn und stimmte zu. Wie ein Wiesel gelaufen verflucht nochmal, seine Ohren sind gut!

Sag ihnen, daß du nicht sprechen willst, du willst nicht mehr sprechen.

Und die Decke, sagte ein Kind, gehört die dir. Schenkst du mir das kleine Kissen. Bist du schon mal von dem Brett gefallen. Wo kommst du her, wir kommen aus Pitschipoi!

Der Gedanke sagte: Sieh sie dir an. Sie könnten Raubvögel sein, aber keine Feinde. Deine Augen sollen sagen, ich schlafe ein.

Er schloß die Augen. Jetzt schläft er, sagte ein Kind. Der Gedanke zog sich zurück, um ihn schlafen zu lassen. Die Kinder gingen weg, um ihn schlafen zu lassen. Wer ihn liegen sah, ließ ihn allein, um ihn schlafen zu lassen.

An einem Tag nach wie vielen Nächten – der Tag war, wie jeder, irgendeiner – bemerkte er viel Unruhe um sich her, tief fliegende Vogelschwärme in trüber Luft, und Fahrzeuge aller Art auf Chausseen und Plätzen, er sah Kanäle, Tankstellen, tote Hunde, Industriegebiete in Ruß und Qualm, Schlote, Antennen und Türme hoch vor Augen, und starker Lärm betäubte den Kopf. Der Gedanke war da und sagte: So kommst du zurück, hier hast du senkrecht auf beiden Beinen gelebt, hier um fünf Ecken herum war die Versenkung, in der du ein Mensch warst wie jeder – irgendeiner –, dort hast du malocht, um der GOLDENE KILLROY zu werden, und den Hunger gefüttert, damit er dich leben ließ. Und wenn es die halbe Hölle war, so war sie doch brauchbarer als ein Patent auf Nichts. Und wenn es nichts Besseres als Zufall war, er trug deinen Namen und fraß deine Zeit und dich.

Der Gedanke rief: Hab ich recht? Er erhielt keine Antwort.

Erhielt keine Antwort, blieb da und sah, was passierte – man setzte ihn vor einer Garage ab. Die Männer – SEINE LASTESEL! SKLAVEN! HUNDE! – beschafften ein Fahrzeug und luden ihn auf. Er lag in einem geschlossenen Kasten, vor Augen ein Fenster aus undurchsichtigem Glas, er lag im Dunkeln, die Männer chauffierten den Wagen, er hörte: Sie sprachen und lachten, er roch Tabak. Der Gedanke blieb bei ihm im Dunkeln und sagte: Es sind die großen Straßen von Montza, du wirst die Dämme rauf- und runtergefahren, ihre Namen wurden geändert, du hast sie vergessen, die Entfernungen sind dir nicht mehr bekannt. Es müßten Parks mit Fontänen kommen, Karussellmusiken im Spanischen Park, Geschrei auf Spielplätzen, die du nicht kanntest, und Güterbahnhöfe, du hörst rangierende Züge, Waggons, beladen mit Fässern, Zement und Schrott, und U-Bahn-Stationen unter steilen Treppen, die Colombi-Passage unter Gewölben aus Glas. Du hörst Schrill und Donner von Eisenbahnbrücken, das Tuten und Blasen der Fähren und ferne Sirenen, kann sein die Rufe der Maronenverkäufer, der Fisch- und Möbelverkäufer am Warschauer Damm, der Pferdefleischhändler hinter dem Miramar. Und du hörst das Anfahren schwerer Motoren, das könnten Autobusse im Zentrum sein, abhebende Flugzeuge, Rettungswagen, vielleicht die Lautsprecherstimmen der Busbahnhöfe, eine Kundgebung auf dem Englischen Platz. Du wirst auf geradem Weg durch die City gefahren, durch Schluchten voll Glockengeläut, widerhallende Räume, es durchdringen sich Notsignale, Rufe, Schüsse, es klappern Hufe, es heult ein Tier. Du wirst auf dem schnellsten Weg durch die City gefahren, auf der Autobahn verklingen Geschrei und Musik. Im scharfen Gestank, im Schall von Motoren, im Geschüttel des Fahrzeugs sinkst du weg. Der Gedanke sagte: Jetzt kannst du schlafen, und ließ ihn im Dunkel des Kastens allein.

Er wurde wach vom Ruf eines Vogels, er glaubte, Wasser zu riechen, er atmete Luft. Der Wagen hielt, man lud ihn aus, der Wagen wurde in eine Garage gestellt. Zwei fremde Träger brachten ihm Wasser und Sandwich, sie halfen ihm, Wasser zu lassen, und trugen ihn fort.

Als man das Tragbrett, die Decke und ihn – ihn, die Decke und das Tragbrett hinwarf, irgendwo unter den Ästen einer Platane, in der Nähe eines Zollamts am Wasser, und fortging in der Absicht, zurückzukommen, ihn allein ließ, ohne die Absicht, ihn zu vergessen, sich selbst überließ in der Gewißheit, der läuft nicht fort – lag er da und sah in die Luft, zählte die Ziegel des Zollamts und kam auf neunzehn, schlief nach dem neunzehnten Ziegel ein, wachte auf und war allein, allein ohne Träger einmal mehr –

und der Gedanke sagte ihm: Du sollst fordern, dir selbst überlassen zu bleiben, vergessen zu werden, im Vergessensein unterzugehen, im Vergessenwordensein ohne Rest und

Spur, wiederhole: Du sollst fordern, dir selbst überlassen zu bleiben –

lag da in der Gewißheit, vergessen zu werden, in der Gewißheit, vergessen worden zu sein, aus dem Gedächtnis der Träger verschwunden, nicht mehr erkannt von den Vögeln da oben, endlich allein – Endgültigkeit! – nicht länger in sich selbst hinuntergestoßen – lag unter den Ästen der Platane (in der Nähe eines Zollamts am Wasser), und der Gedanke sagte ihm: Wenn du wegkippst, bist du vorbei, in der Ruhe dessen, der nichts mehr braucht, nichts zu gewinnen hat und nichts zu verlieren, in der Ruhe dessen –

wurde wach und hörte das Brüllen der Männer – WO BIST DU!

Sie suchten ihn im Zollamt und an der Küste, in entfernten Häusern und Wäldern, auf Müllplätzen, Schiffen. Hatten den Platz vergessen, nicht ihn! nicht ihn! Suchten den Platz und werden ihn finden, der Gedanke kam und sagte: Sie werden dich finden, verpassen dir ein paar Tritte und tragen dich fort.

Er wiederholte – TRAGEN DICH FORT –

Der Gedanke kroch in seinen Traum und sagte: An einem Tag nach wie vielen Tagen – der Tag ist wie jeder, irgendeiner – wirst du auf gleichen Wegen zurückgetragen. Deine Träger sind andere, du hast sie noch nicht gesehen. Man erreicht den GROSSEN KADAVER, von Norden kommend (die MUMIE DER GOTTHEIT, die MISSGEBURT AUS DEM KOSMOS), eine Piste führt steil durch das linke Ohr in den Schädel, über ungesicherte Pfade im Hohlraum der SCHNECKE, durch brüchige Labyrinthe ohne Treppen, an nicht einsehbaren Tiefen entlang. Die Träger tasten am Boden, ruhen aus und rauchen. Der Raum gibt kein Maß oder Unmaß zu erkennen, der Pfad gibt nicht zu erkennen, wohin er führt. Im Lichtkreis zweier Lampen ereignet sich nichts (sie sind vor die Bäuche der

Männer geschnallt). Du ahnst, was die Männer noch nicht wissen: Sie haben sich in den Höhlen verirrt, auf ein schmales Knochenrelief, das nicht weiterführt. Du hast gefroren, du frierst, das nimmt noch zu. Dreieinig sind Finsternis, Zeit und Raum, sie haben entschieden gegen dich. Die Unlust der Männer wird zu Entsetzen, als zu sehen ist, daß keine Spur von der Stelle führt. Sie lassen das Tragbrett liegen und kehren um. Der Schnelle läßt eine leere Lampe, der Langsame eine Flasche zurück. Du hörst ihre Schritte hinabwärts, rutschen, stolpern, Gescherbel von Knochen löst sich ab und verhallt in Schluchten fern von dir. Das Licht ihrer Lampe verflackert und es wird still. Du bist allein, die Decke wärmt dich nicht. Das Brett liegt schräg am Ende einer Steige, vielleicht einer Rinne im Unwegsamen, auf einer vorletzten Kante aus mürbem Stoff. Das hast du im Licht bemerkt, jetzt siehst du nichts. Was über dir hängt oder fliegt ist dir nicht bekannt – eine Schädeldecke, Gewebe von Sehnen und Nerven, die getrocknete Rückwand des Augapfels, eine Membran? Du horchst nicht, aber hörst unfaßbare Laute, als bewege sich in der Nacht ein Vogel im Baum, doch von Bäumen und Vögeln weißt du nichts mehr – vielleicht ein Luftzug im Schacht eines Knochens. Dann ist es die Stille. Es ist der Raum, der sich selbst und nichts andres enthält, die Stille, in der sich dein Herzschlag verliert. Die Decke ist weggefallen, du frierst nicht mehr. Die Leere greift um sich, das Dunkel ist schon vollkommen. Die Zeit vertrocknet, sie trocknet aus, was Zeit in dir wurde, Zeit in dir war –

II.

Er hatte das Zwielicht hinter sich, das Massiv ohne Raum, ohne Schatten und Temperatur, in dem er versunken war, seit er nichts mehr wußte, an beliebiger Stelle, die seine war, von beliebigen Wesen und ihren Stellen umgeben, in beliebiger Höhe und Tiefe, davor und daneben, was er nicht erkennen konnte, solang er da drin war, solang er dort festsaß (lag, hing oder klebte), bevor er sich wegbewegte mit einer Stärke, die nicht mehr beliebig war, sondern ihm gehörte, und jedem gehört haben konnte, der einmal lebte (das Ungeborene hatte keine Chance). Er kroch durch den trockenen Gallert, er schaufelte Zwielicht (mit Gliedern, Händen vielleicht, die er nicht mehr kannte), erfuhr nichts von Untier oder Wind, stieß gegen Widerstand in unförmigen Massen, drang durch Volumen ohne Inhalt, durch Dunst von Lebewesen, gequollene Leere, ertastete Körper ohne Stoff und Ausmaß, die ihn unsicher machten, mit Abscheu erfüllten, bis ihm etwas wie Boden Gewißheit gab.

Ein Grund lag unter ihm fest und verlangte nach Füßen. Er streckte aus, was Tastkörper oder Fuß war, vielleicht in Saugnapf oder Fühler verwandelt, es gelang ihm, sich aufrecht zu halten und fortzubewegen, bis er ungefähr Schritte setzend ins Freie kam. Das Zwielicht verflog, das Licht war da. In blendender Helle lag ein Horizont, eine Landschaft bedeckte den Boden mit Gras und Stein, unbrauchbaren Früchten, alten Blumen. Er gelangte auf einem Pfad in das Licht hinaus, das bestärkte ihn, Schritte zu machen mit seinen Beinen, mit den Füßen da unten, sie gehörten ihm. Eine halbleere Kröte lag im Sand, zerquetschter Sack auf gestreckten Beinen, sie pumpte sich laut voll Luft, die sofort entwich, und gab keine Antwort, als er sprach, mit dem Spalt voller Zähne zu sprechen versuchte. Zu früh, er mußte tiefer ins Licht, war aber schon mal auf ein Tier gestoßen, er wußte den Namen – KRÖTE – und hielt ihn fest. Das konnte nur besser werden von Mal zu Mal. Das nächste Mal war ein Mensch, er saß am Weg, allein, geduldig, in dreckiger Hose (vielleicht ein Mädchen, gewiß ein Kind), und hielt, als er stehnblieb, ein Bündel hoch, vielleicht zur Ansicht, vielleicht zum Verkauf. Er erkannte ein Lebewesen, das Tier hieß Affe, apathischer Lemur mit hängenden Beinen, ein Loch im Rücken war mit Papier verstopft, ein andres mit Stoffetzen zugenäht. Er hing halb ausgelöscht in den Armen des Kindes und schien, solang er noch lebte, von Wert zu sein.

Er fragte (und hörte die eigene Stimme): Was ist mit dem –

Die Stimme des Kindes war kaum zu hören: Es muß was fressen, ist aber nichts da –

Was frißt es denn.

Ich glaube Käfer und Würmer; hast du Fliegen?

Nein, Würmer und Fliegen hatte er nicht.

Apfel oder sowas?

Nein.

Schnecke? Maus?

Nein, und er fügte hinzu: Ich hab überhaupt nichts, und nichts für mich selbst.

Das Kind blickte weg und sagte nichts, da wußte er, er war wieder da. Er war ein Mensch, ihm wurde nicht geglaubt.

Das tat ihm nicht gut. Er sagte schnell: Macht nichts, du

kannst mitkommen, vielleicht finden wir was. Wir finden was für dich, für mich und für ihn.

Das Kind sah in seine Richtung und sagte nichts.

Zuerst für ihn, dann für dich, zuletzt für mich.

Sie begleitete ihn auf dem Pfad, das Tier im Arm, blieb aber nach einer Weile stehn und zeigte auf einen Haufen entfernt im Boden. Da war schon mal etwas Ähnliches wie ein Haus.

Ein Haus, ein Tier, zwei Menschen und eine Schneise, das wurde besser von Mal zu Mal. Aber das Kind blieb am Pfad zurück, er sah es stehn mit dem Tier und fragte: Nein?

Es sah ihn an und sagte nichts, und er ging weiter auf Beinen und Füßen, die Schneise war grau von vertrockneten Gräsern, aber immer besser von Zeit zu Zeit, von einer Hütte zur andern, von Dornbusch zu Dornbusch, von Haus zu Haus.

Da stand schon ein Vogel auf dem Ast und schrie, da war schon ein Wassergraben und eine Brücke, da lag ein Autowrack im verbrannten Moos. Das Land war flach, weit zu überschauen, es tauchten Menschen auf, wo kamen sie her, warum so viele auf einen Schlag, mit Wagen, Koffern, Tieren in drängenden Haufen, auseinanderlaufend in alle Richtung, an seiner Nase vorbei, ohne ihn zu sehn. Um fragen zu können, blieb er stehn, die Leute liefen ohne Antwort vorbei, blutverkrustete Köpfe, zerrissene Kleider, Leiber an Stöcken kriechend, auf Karren geworfen, BLUT UND EILE, er wußte noch, was das war, er hatte auch nicht vergessen, wie das hieß. Abseits von Pfaden und Schneisen, nicht weit von ihm, stand ein Mann neben einer Kiste und sah sich um, die Kiste lag mit offenem Deckel da. Ein Mensch, der nicht weglief, also ging er hin. Um den Mann herum, im Sand verstreut, lagen Sachen einzeln und haufenweise – aus der Kiste da? Aus der Kiste, was sonst. Der Mann sah nicht froh aus, als er sagte: Es ist immer dasselbe. Ich packe die Kiste bis oben voll, aber nicht, wie du denkst. Wenn du den Haufen siehst, denkst du: Der wirft das Zeug in die Kiste und fertig. Aber das ist kein Zeug und kein Kram, meine Sachen. Ich lege das der Reihe nach in die Kiste, wohlüberlegt, verstehst du, ich überlege mir das, damit nichts falsch zu liegen kommt und zerdrückt wird, ich will kein kaputtes Zeug da drin. Ich schließe die Kiste, lade sie auf und laufe los – fünf, sechs Schritte, manchmal zwanzig, im besten Fall dreißig –, da platzt der Deckel ab und das Zeug fällt raus, du siehst ja, so sieht das immer aus.

Er wies mit dem Finger auf seine Schuhe. Um die Schuhe herum lagen Brote und Flaschen, ein Vogel voll Sägmehl, Risse im Bauch, gebündelte Kleider und feuchte Papiere, Seife, Brille, Löffel und Tasse, Landkarten, Bleistifte, Apparate (Reisecomputer? Rechenmaschinen?), Papierblumen, Würfel, Kugeln und Federn und allerhand Kroppzeug, bedeckt mit Sand. Ich bin müde, sagte der Mann.

Und er: Das hast du nicht gestohlen –

Machst du Witze? Ich kann nicht mehr lachen.

Und er: Das wirst du für Geld nicht los.

Was willst du, sagte der andre, willst du was haben Such dir was aus.

Ja, das ist gut zum Verschenken, warum die Mühe.

Laß mich in Ruhe, sagte der Mann, na los, verschwinde!

Er half dem Erschöpften, die Sachen zu sammeln, von Sand zu befrein, in die Kiste zu legen – aber langsam, eins nach dem andern, Zahnrad, Zifferblatt, Blechgeld, Schlüssel, und wühlte den Boden um, bis er nichts mehr fand.

Die Kiste wurde fest verschlossen und auf den Rücken des Mannes gepackt. Er ging seiner Wege aber kam nicht weit. Nach zwanzig Schritten brach die Kiste auf und fiel mit dem Inhalt in den Sand.

Er überlegte noch – HINLAUFEN, SAMMELN – und ließ den Mann mit der Kiste allein.

Ging dann überland, er mußte nichts tragen, in die Richtung, aus der die Menschen kamen, sah Siedlungen in der Nähe und einzelne Häuser, Stadtrandstraßen voll Müll und Unkraut, kam an Hangars vorbei und leeren Garagen, an geplünderten Kohlenlagern, verlassnen Fabriken, lief durch zertrampelte Gärten nirgendhin. Ein Sprungturm verfiel an einer Pfütze, ein Ruderverein neben einer Schleuse, dahinter die Skyline einer großen Stadt. Er hörte Detonationen, sah fliegende Steine, versuchte Menschen aus dem Weg zu gehn, die zahllos wie Lemminge über die Plätze drängten. In Höfen und Hinterstraßen war er allein, dort teilte er Dreck und Stille mit frischen Toten, mit ein paar Krähen, mit einem Hund. Das Zeitungsviertel war niedergebrannt, die Bunker und Bahnschächte standen offen, auf den großen Prospekten war nichts mehr los. Ein paar ausgebrannte Fassaden rauchten, Steine, Scherben, verkohlte Reifen, zerschossene Panzer und geplatzte Vögel, Barrikaden, ausgestopft mit Matratzen und Leichen, es gefiel ihm, da durchzugehn ohne Ziel, ohne Eile, und ohne geschlachtet zu werden und ohne zu töten, mit offenen Augen und Ohren und offener Nase, die Straßenschluchten stanken von Schrott und Blut. Hier war nichts sichtbarer als ein einzelner Mensch, egal ob er huschte am Boden wie eine Ratte oder aufrecht als Schreckbild vor dem Himmel erschien. Er setzte sich in einen Sessel, der einzeln und unversehrt zwischen Trümmern stand, am Rand eines Boulevard, der nicht mehr rauchte, im Wunsch, daß die Zeit sich bemerkbar machte, ihm Zeichen gab, ein paar Lebenszeichen für beide, aber da hatte er zuviel erhofft. Sie schloß ihn aus, sie schien ihn vergessen zu haben, zurückgelassen in einer VERBOTENEN STADT, die ohne Inhalt in sich selbst versank, von Menschen aufgegeben, mit Schutt gefüllt. Er hatte

Hunger. Es war nichts zu essen und zu trinken da, zu fressen, zu saufen, runterzuschlingen. Über die Straße rann stinkendes Wasser, an eine Ratte kam er nicht heran. Brot, eine Vorstellung, die er nicht fassen konnte, und Wein ein Gedanke ohne Erinnerung. Er saß in dem Sessel mit Hunger und Durst allein. Wer vorbeikam, hielt ihn für tot und beeilte sich.

In den Dreckhaufen neben ihm bewegte sich was. Der Kopf eines Menschen erschien und blickte ihn an, der Mund bewegte sich, was ist denn los.

Er sagte: Nichts. Die Sache ist schon vorbei.

Verzeihn Sie, sagte der Mensch, da muß ich geschlafen haben.

Du brauchst dich nicht zu entschuldigen, nicht bei mir.

Da hätte ich zum erstenmal Glück gehabt, sagte der Mensch, was war denn los.

Sieh dich mal um –

Ein langer gebeugter Mann stieg aus dem Schutt, hielt sich am Sessel fest und sah sich um. Erstaunt mich nicht, sagte er nach einer Weile, das Gesicht war alt und knochig, die Stimme dünn. Gelobt sei der Schöpfer, hast du was zu essen.

Er hob die Hände und ließ sie fallen. Nichts zu essen, nichts zu trinken.

Gelobt, in diesem Fall von leeren Händen. Was machst du hier –

Man sitzt in dem Sessel, bis auf weiteres.

Aha, in dem Sessel. Ein brüchiger Krächzer erfolgte, der Mann schien zu lachen.

Sonst noch was?

Gelobt sei der Schöpfer, nein. Du hast schlechte Laune, erstaunt mich nicht. Gelobt, ich bin der Phantomschmerz des Schöpfers – der Mann schien eine Antwort zu erwarten.

Er sagte: Aha.

Du bist auf dem laufenden?

Nein.

Gelobt sei der Schöpfer, Sie kennen mich nicht! Der Kopf flog belustigt hin und her. Einmal ein Mensch, der mich nicht kennt!

Verzeihn Sie, sagte er, müßte man dich kennen?

Du mußt dich nicht entschuldigen, nicht bei mir. Gelobt sei der Schöpfer, er kennt nur mich. Wenn es mir dreckig geht, das ist sein Schmerz, und wenn ich krepiere, da heult er, der Schöpfer, das macht ihn fertig, hält er nicht aus. Ich bin der Phantomschmerz, den er auf Erden hat, den hat er nur hier. Gelobt, ich bins, der ihn fertigmacht!

Von der Sache hier scheint er nichts zu wissen – er wies mit der Hand auf Ruinen und Schutt.

Davon hat er vielleicht noch nichts gemerkt. Wenn ich schlafe, merkt er nichts. Gelobt, eine Ausnahme kann es geben.

Da mußt du oft verprügelt worden sein –

Oho, verprügelt, das kannst du mir glauben. Das merkt er, wenn ich zusammengeschlagen bin und nach Luft schnappe – so! Er schnappte nach Luft mit dem mageren Kinn. Zusammengeschlagen? Der Schmerz lebt davon, daß ich krepiere an einem Stück. Gelobt, der Schöpfer kriegt meine Schmerzen, sonst keine. Schmerz bis zum Irrsinn, am laufenden Band.

Er kann sich nicht helfen –

Nein. Er kann sich nicht helfen.

Da ist es ja wünschenswert, dich fertigzumachen, gleich hier, dich flach und blutig zu schlagen – stimmts!

Gelobt, das ist die Auffassung, aber – der dürre Mensch sah ratlos aus.

Sprechen Sie weiter.

Der Schmerz muß ruhen, um durchzuhalten. Nicht der Schöpfer, gelobt, der Schmerz muß schlafen. Er muß essen und trinken.

Zuerst die Mahlzeit, danach die Prügel – na gut, amüsieren wir uns in dem Schutthaufen hier.

In dem Fall müßten Sie den Sessel aufgeben.

Mit der Ruhe, das kommt noch. Aber dein Schöpfer hat Pech gehabt.

Gelobt, man kann sagen, er macht was durch.

Du wirst sterben. Was wird aus ihm –

Den Schmerz, gelobt, wird er nicht mehr los –

Wer kann das wissen.

Gelobt, ich weiß es.

Wo du bist, ist dein Schöpfer, wir nehmen ihn mit.

Der lange Mensch bewegte sich schwach, oft zerbrochen und oft zusammengesetzt, viel angetötet, gekillt, verblutet, und ein paarmal zur Not auf die Beine gestellt. Sie kantaperten über die Trottoire durch stinkende Straßen voll Rauch und Schutt. Allein auf einer Kreuzung stand ein Hund, er ließ sie kommen, im Maul einen Hasen, sie blieben stehn, der Hund war viel zu groß. Wenn er uns anspringt, läßt er den Hasen fallen. Der geht nur auf einen los, auf dich oder mich, wer hat dann den Hund am Hals und wer holt den Hasen (es gab hier noch Feuer genug für neunhundert Braten). Sie standen sich gegenüber und nichts geschah.

Sie griffen Steine aus dem Schutt (was es gab, waren Steine), trockene, nasse, kalte, heiße, und bewarfen den Hund, so gut es ging, mit der schwachen Angst und der vorletzten Kraft. Das Tier sah zu, als sei es nicht gemeint, und zog ab, unwillig, den Hasen im Maul. Gelobt, der Hund war weg, aber auch der Hase, die Feuer brannten weiter, der Hunger blieb.

Der ungefähr Lebende soll sich senkrecht bewegen, und wenn das nicht klappt, zu Stock oder Krücke greifen, und wenn das nicht mehr klappt, auf allen vieren kriechen, wenn auch das nicht mehr klappt, sich ausstrecken und liegt still. Sie bewegten sich senkrecht weiter und sahen andre (auf den ersten Blick wenige, auf den zweiten viele), die sich schlechter als sie von der Stelle bewegten, durch Rinnsale krochen, über Scherben robbten. Ein Gruß entfiel, der Böse Blick genügte. Im Schutt einer Stehbierhalle saß eine Frau, sehr klein, mit Schnur in Stoff verpackt, Nuttengesicht mit verdorrten Augen, GELOBT DER SCHÖPFER sagte: Sie wartet darauf. Eure Hand, Herrschaften, und ein Blick in die Zukunft, für ein Ei, ein Stück Brot, einen Schluck aus der Flasche!

Gelobt, eine Wahrsagerin an diesem Ort, in dieser Nacht, in diesem Loch des Himmels. Sie riefen: Wir haben nichts! – vorbei und weiter –, aber das Heulen der Frau hielt sie zurück. Er war es, der ihr seine Hand überließ. Ihre Finger betasteten die seinen, das Gelenk, den Daumen, die Falten der Hand. Sie sagte: Was ist das?

Und er: Das ist meine Hand.

Welche –

Die linke.

Bitte, mein Herr, ziehn Sie den Handschuh aus.

Was denn –

Sie haben den Handschuh nicht abgelegt.

Was denn Handschuh, das ist meine Hand!

Es ist keine Hand.

Er spürte, zuerst in den Haaren, der Schweiß brach aus.

Sie sagte: O mein Herr, wenn das Ihre Hand ist, dann muß die Haut herunter, die Haut ist falsch –

Er riß seine Hand aus ihren Fingern und machte, daß er wegkam, sie schrie hinterher. Gelobt der Schöpfer war nicht schnell genug, er blieb in den Straßen der Stadt zurück, in Rauch und Feuer, Staub und Stein.

Weit draußen im Straßengraben schlief er ein, und wachte an gleicher Stelle auf, im tiefen Graben, wo kein Mensch ihn fand. So konnte er sicher sein, daß nichts passierte (er war nie im Schlaf unterwegs gewesen). Die Gewißheit erfreute ihn, er

schlief wieder ein, und wurde in Sturm und Kälte wach. Zu-
allererst war der Hunger da. Er belog ihn nicht, als er sagte:
Für dich muß man stehlen, man weiß nicht mehr, daß man
Geld braucht für Hunger und Durst. Es ist gestohlen worden, das reiche Geld, das arme Geld, das ganze Geld, es hat
sich von selbst davongemacht. Was macht der Hungerleider
mit leeren Taschen – beschafft er sich was zu fressen, beschafft er Geld? Er überläßt die Entscheidung der Gelegenheit. Die nächste Gelegenheit war ein Gebäude, allein
zwischen hohen Bäumen nicht weit von der Straße, es schien
bewohnt zu sein, aber nicht bewacht. Er trat durch das
Hauptportal in einen Flur, roch alte Polituren und frisches
Obst, nahm einen Mantel vom Haken und kehrte um. Unter
stürzenden Blättern zog er ihn an, den konnte er gut behalten, der Tag war rauh, den konnte er gut verkaufen, das Stück
war neu. In den Taschen flog Geld herum, Papier und Metall,
damit war entschieden, daß er zu essen kaufte, sich von Durst
und Hunger beraten ließ. Der Hunger wollte ins Restaurant,
er nahm ihn lieber in eine Bude mit, wo er Cola trank und
Falafel kaute, und im Stehen den Mantel anbehielt. Danach
waren Hunger und Kälte weg und der Mantel warm um ihn
wie ein Tag im Mai. Es war ein kostbarer Mantel, dick und
lang, er hing auf ihm wie ein ausgeweideter Eisbär und zog
die Aufmerksamkeit der Leute an. Unbehagen, man schien
den Mantel zu kennen, er packte das Geld aus den Taschen in
seine Hose, zog ihn aus und trug ihn unter dem Arm, vielleicht wie ein Kleiderhändler von Haus zu Haus. Auf dem
Platz einer Siedlung blieb er stehn, alle Hauptgebäude um
sich herum, Rathaus, Kanzlei, Restaurant und Kirche (in die
er verschwinden konnte, falls etwas passierte). Ein Herr eilte
winkend auf ihn zu – HIER! – ICH BIN ES! – SIE SUCHEN
MICH! – und nahm ihm den Mantel aus dem Arm. Sehr auf-
merksam, daß man Sie geschickt hat, sehr freundlich, danke –

hat man Ihnen etwas gegeben – ich meine, sind Sie bezahlt worden? Nein? Hier nehmen Sie – ihm wurde ein Geldstück in die Hand gedrückt, nicht groß nicht klein, nicht schwer nicht leicht, ein Nickel. Der Herr warf den Mantel über und eilte fort.

Er wurde ein zweites Mal angesprochen, drei Meilen weiter, am selben Tag, vor einer Central Station im offenen Land, jede Art von SERVICE unter einem Dach – Garage, Tankstelle, Snack und Bierhaus, Supermarkt, Motel und Apotheke, Duschen und Bäder und Erste Hilfe, Vermietungen, Reparaturen, SECOND HAND, Versicherungen und An- und Verkauf, Sport und Freizeit, Versand und Post. Der Chauffeur eines parkenden Wagens winkte ihn zu sich – wollen Sie was verdienen? Steigen Sie ein. Die Abwechslung schadete nicht, man hatte Zeit, mehr Zeit, als die Luft in hundert Jahren verbrauchte. Der Wagen war vollgestopft mit verpackter Ware, er saß zwischen Kisten und Schachteln still, von Ecken gestochen, von Kanten gepreßt, zwei zerschlagene Stunden, und schnappte nach Luft. Vor einem Farmhaus fiel er aus dem Wagen, sein Verdienst begann mit den Kisten und Schachteln, er trug sie der Reihe nach in das Haus. Der Hof erstreckte sich flach zwischen Schuppen und Mauern, voller Pfützen und Federn, zerstampften Knochen (er bemerkte weder Haustiere noch Geflügel), und verlor sich im Land ohne Gras und Strauch. Im Hof saßen Leute auf Stühlen und tranken, ihre Mäuler lachten über rauchenden Tassen, eine Stimme kreischte wie ein Papagei: Hier wartet Gelegenheitsarbeit, junger Mann! Es war der Chauffeur, der ihm zeigte, was hier zu tun war. Siehst du den Sack da – er zeigte auf einen Nußbaum, der alt und schwach belaubt vor dem Farmhaus stand –, auf uns hört sie nicht, vielleicht hört sie auf dich, du sollst sie runterholen, tot oder lebendig –

In der obersten Astgabel kauerte eine Gestalt, der Kopf

war nicht zu sehn, ein Bein hing im Laub. Er fragte: Was ist das – ein Mensch?

Das war mal einer, sagte der Chauffeur, was aus ihm geworden ist, weiß man nicht, obwohl man ihn täglich da oben sieht. Sie scheißt den Hof voll und schläft.

Sie muß doch was essen –

Nachts kommt sie manchmal runter, schleicht hier herum und klaut was. Die Gegend steckt voller Fallen, aber sie kennt sich aus, man kriegt sie nicht.

Mit einem Hund wäre das anders.

Die Hunde kriegen Angst vor ihr –

Den Baum umhauen, fertig.

Sie entkommt uns mit ihren Beinen, wir sind keine schnellen Jäger.

Abknallen.

Wir haben daran gedacht, natürlich haben wir da dran gedacht, aber an Waffen kommt hier keiner ran.

Steinigen. Sie verliert die Balance und fällt runter –

Versuch es, wir warten. Die Bewohner des Hauses (und ihre Gäste) lachten und rutschten auf den Stühlen herum.

Er sammelte Steine auf einen Haufen, nah genug bei dem Nußbaum, um treffen zu können, fern genug, um nicht getroffen zu werden (weiß man, was die da oben am Bauch versteckt). Der erste Stein flog frei durch den Raum, der zweite prallte von einem Ast, der dritte zerschlug ein Fenster des Hauses, der nächste traf die Gestalt, ohne sie zu verletzen, sie verlagerte ihr Gewicht und hockte still. Die Gesellschaft auf den Stühlen, sein Publikum, gab Beifall mit Lachgeräuschen und Tassengeklapper, der Chauffeur stand hinter ihm mit knirschenden Zähnen, aber ihn freute die Zustimmung nicht.

Er sagte: Vielleicht doch besser, sie leben zu lassen –

Sie muß da runter. Deine Sache, wie du das machst.

Er verlangte ein Seil, es war stark und lang, er zog es als

Schlinge durch einen Knoten und kletterte langsam auf den Baum. Die Gestalt über ihm bewegte sich nicht. Er schleuderte das Seil an den Ästen vorbei, die Schlinge fiel um die Gestalt, er zurrte sie fest. Die Beute, sie war ein Mensch, zeigte ihre Augen, sie richteten sich auf ihn, weiß vor Angst und Entsetzen. Er zerrte die Frau aus den Ästen und rief: Hau ab!, seilte sie ab durch den Baum, sie war nicht zu schwer, ließ das Seil auf sie fallen und stieg vom Baum. Die Beute zwängte sich aus der Schlinge, hüpfte gekrümmt am Chauffeur vorbei, nackte Füße, Staub aus dem Boden, und eilte mit knickenden Beinen aus dem Hof. Der Lärm der Leute fiel in sich zusammen, man saß auf den Stühlen und war still.

Er sagte: Die Frau ist jetzt vom Baum, vielleicht ist sie weg. Was wollen Sie noch verrichtet haben. Aber zuerst mal Geld auf die Hand, das war abgemacht. Der Chauffeur sah die ausgestreckte Hand und schwieg. Er wiederholte: Es war besprochen.

Der Chauffeur sah sich nach den Leuten um, die Gesichter wackelten Kopf an Kopf. Der Chauffeur zog Geld aus der Tasche, er steckte es ein. Der Job konnte weitergehn mit dem Geld in der Tasche.

Er folgte dem Chauffeur in die Küche des Hauses. Die Leute verließen ihre Stühle, drängten sich an das Fenster und kratzten am Glas. Die Küche war dunkel, kahl und kalt, Behälter und Schränke waren leer. Der Gasherd war außer Betrieb, der Holzofen kalt, in einer Schüssel lag angebissenes Brot. Das größte Ding im Raum, eine Tiefkühltruhe, war wie ein Massengrab mit Huhn gefüllt. Am Tisch saß ein schwarzer Mann und schlief, er schien mit Tisch und Stuhl verwachsen zu sein.

Er will nichts essen, sagte der Chauffeur, er schläft, damit er nicht essen muß. Du sollst ihn rumkriegen, daß er ißt. Auf uns hört er nicht, vielleicht hört er auf dich.

Er fragte, was der Mensch denn gewöhnlich aß.

Das weiß man nicht.

Er muß doch mal was gegessen haben –

Falls er gegessen hat, das ist lange her. Hier hat niemand gesehn, daß er etwas ißt.

Gibt er was von sich?

Ja. Er scheißt.

Dann muß er auch essen. Sich selber ausscheißen kann er nicht, will er nicht.

Du frißt heimlich, sagte der Chauffeur und schlug dem Schlafenden auf den Mund. Aufwachen, Toplasch, du kriegst was zu essen!

Der Mann hörte seinen Namen und schreckte hoch, schien zu wissen, worum es hier ging, und sagte NEIN.

Nicht so abfällig, Toplasch, du wirst gefüttert.

Ich werde nicht gefüttert, nein.

Jetzt wirst du gefüttert, sagte der Chauffeur, er schien leiser zu sprechen als gewohnt. Der aufgeschreckte Mensch sah sich um, erkannte den Unbekannten und schwieg, schien weder froh noch erschrocken, saß sanft auf dem Stuhl, ein dicker alter Junge mit fettigem Haarschopf, schnaufender Nase, schwerer starker Stimme, schüttelte den Kopf und sagte NEIN.

Du kriegst was zu essen, sagte der Chauffeur.

Was soll er denn kriegen, fragte der Unbekannte, schaltete Licht an und sah sich um. Auf einem Brett lag ein Dreieck Käse, in einem Glas ein getrockneter Fisch. Es gibt Fisch mit Käse, sagte er laut, wenn er essen soll, müssen Sie raus, sonst ißt er nicht. Der Chauffeur schien nicht wissen zu wollen, daß er gemeint war. Da wurde ans Fenster geklopft, er verließ den Raum.

Tür zu! Sie wurde zugeschlagen. Er war mit dem Schwarzen am Tisch allein.

Du wirst nicht gefüttert, sagte er, wir essen zusammen Käse und Fisch, einer nimmt den Käse, der andre den Fisch. Was willst du.

Wenn ich jetzt esse, sagte der Schwarze, kann ich nie wieder nichts essen.

Du bleibst nicht hier.

Ich bleibe nicht hier – wo sonst.

Du bist in einer Stunde fort. Du kommst mit.

Wenn du es sagst. Gib mir den Fisch.

Sie aßen mit dem Rücken zum Fenster, das Klopfen und Kratzen hörte auf. Der Fisch war hart und salzig, der Käse alt. Am Wasserhahn füllte er zwei Gläser, sie tranken die Gläser leer, das Wasser war alt. Im Hausflur wartete der Chauffeur. Er sagte zu ihm: Der Schwarze hat gegessen – wenn noch was gemacht werden soll, ich hab mein Geld in der Tasche.

Du machst das besser als ich, sagte der Chauffeur, da erwartet man, daß das so weitergeht. Es gibt was zu tun, das kannst du mir glauben. Jetzt geht es um das Pferd, es ist nicht mehr da. Es hat das Seil vom Bein gebissen und ist abgehaun, das letzte Pferd. Man erwartet, daß du es findest und herbringst.

Seit wann ist es weg?

Geschätzt drei Tage, vier Nächte –

Wo soll es denn sein? Wo geht es hin?

Es kann überall sein, hier ist überall Land. Es kann stekkengeblieben sein im Sumpf. Es kann entführt worden sein wie der Trüffelhund. Es kann in einen Stall gesteckt worden sein. Wenn es krepiert ist, bringst du den Schädel her.

Alles gesagt. Man ist schon unterwegs –

Die Leute saßen auf ihren Stühlen, er ging vorbei und winkte, sie grüßten nicht, und lief nach Norden ins Land hinaus. Er dachte: Man kann in immer weiteren Kreisen um die Farm herumgehn und sich in alle Richtung entfernen, und man kann gradeaus gehn in eine Richtung, also geht man in eine Richtung gradeaus. Das Gebiet war von trockenen Gräben durchzogen, am Fahrweg lag Abfall aus tausend Tagen, Deichseln, Schuhe, geplatzte Säcke, alles Vorhandene war leicht zu erkennen, kilometerweit sichtbar bis an den Horizont. Da war ein Pferd gar nicht zu verfehlen, und nicht zu verwechseln mit Haus oder Haustier, Mensch oder Müllbox, Pfahl oder Stein. Da stand der Schwarze draußen im Licht. Wie er am Tisch saß, stand er am Weg, gleichmütig, ungesellig, vereinzeltes Leben, nirgends und überall an seinem Platz. Er sagte: Ich kann mich weiß einschmieren, wenn du willst, Strohhut auf den Kopf und fertig. Damit du keinen Ärger kriegst.

Und er: Warum denn Ärger? Es ist gut, du bleibst, wie du bist. Kennst du das Pferd?

Ich habe es gesehn. Es stand manchmal morgens im Hof.

Wie sieht es aus?

Schön, aber mager, graues Lasttier.

Man wird mit ihm auskommen, wenn es lebt –

Es lebt noch, Pferde bringen sich nicht um. Wir finden die Hufspur im Sand.

Ja, es lebt, das sagt hier jeder Stein.

Jeder unterwegs mit seiner Sache, mit seinem Namen, mit sich selbst. Die Krähe mit ihrem Mißmut, nah überm Boden, die Elster mit ihrer Raublust laut im Gebüsch. Der Dieb, noch nicht entdeckt, im gestohlenen Wagen, das Flugzeug mit seiner Luftfracht und seiner Richtung, und das Pferd, das Lasttier, auf seiner Flucht. Es stand vor ihnen, ein paar Tage später, Reste des Seils am Bein, und graste, hob schwer den Kopf und ließ ihn gerne sinken, nicht nötig, es einzufangen, es kam von selbst, und blieb bei ihnen mit hängendem Kopf.

Der Schwarze sagte: Ich seh doch was.

Mit beiden Händen hob er den Kopf des Tiers. Ein Auge

war klar, das andre geschwollen, ein Splitter steckte drin, die Schwellungen tropften, den Schmerz will ich nicht haben und keinen andern (sagte der Schwarze und ließ den Pferdekopf sinken).

Und er: Man nimmt es mit, man sucht den Arzt, VETERI-NÄR, so heißt der Arzt, der Splitter muß raus, er braucht eine Operation. Aber Vorsicht, keine Eile.

Das Pferd ging langsam zwischen ihnen, sie bewegten sich langsam, jeder an einer Seite. Wir schaffen es, sagten die Hände, die auf ihm lagen, wir kriegen das langsam, aber spielend hin. Um diese Steine herum, über jenes Brachland, auf dieser Straße bis zu jenem Haus. Ohne Auskunft weiter in den Ort da hinten, ohne Arzt und Auskunft aus dem Ort heraus, auf dieser Chaussee, über dieses Bahngleis, wir werden es schaffen, fehlt bloß der Arzt.

Er sagte: Was macht man mit einem beschädigten Pferd. Es ist halb blind –

Ich habe keine Erinnerung.

Mit dem Pferd, das ein Bein gebrochen hat, es liegt am Boden –

Wenn ich das in Erinnerung habe, man erschießt es.

Ja, man erschießt es, das ist die Erinnerung.

Und immer wieder gab es keinen Arzt, doch gab es Wasser und Gras genug, Luft und Erde genug und zuviel Nacht. Man hörte den unbekannten Vogel pfeifen: SCHON WIEDER NACHT, DIE SONNE SOLL SICH SCHÄMEN!

Ich höre was! sagte der Schwarze an einem Morgen im Sommer. Der Himmel vor ihnen war schwarz von Wetter, Donner rollten darin herum, ein Lastwagen mit Soldaten fuhr schnell vorbei, Tarnnetze über den Köpfen, geschwärzte Gesichter, gefolgt von Jeeps voller Waffen und Offiziere, in prasselnden Wolken Staub und Stein – kein Krieg, ein Manöver, es hatte sie keiner gewarnt.

Wir haben auch keinen getroffen, sagte der Schwarze.

Sie blieben stehn und ließen geschehn, was geschah. Der Platz, auf dem sie standen, das Pferd in der Mitte, war ein Grashang über dem Fluß, dem sie lang schon folgten, ein flaches Gewässer, hier voll von Booten, Granateinschläge schleuderten Schlamm und Wasser, zerfetzte Boote flogen im Land herum. Das Feuerwetter wälzte sich über sie, nahm die Sicht, die Luft, den Sommer mit, das Pferd stand unbewegt mit gesenktem Kopf. Es hat keine Angst mehr, sagte der Schwarze, es könnte sterben, wenn der Zufall hilft.

Was soll der Zufall tun, daß es hilft?

Ein Querschläger in den Kopf, ein verirrter Schuß. Sie sprachen laut in Krach und Schall des Manövers, das Pferd verstand nicht, was sie riefen, und daß von ihm die Rede war.

Ob der Zufall wußte, was er machte, wie er dich und mich da raushalten kann –

Der hält sich selbst aus allem raus.

Wenn er das Pferd sieht, der weiß was er macht.

Vom Fluß her rannten Soldaten den Hang herauf, was zu Tausenden kommt, wird nicht gezählt. Ein Sergeant mit Maschinenpistole schrie sie an – WEG MIT DEM GAUL! – und schoß in die Luft. Sie warfen sich auf die Erde, das Pferd blieb stehn, der bewaffnete Haufen stampfte vorbei, als stünde kein Pferd vor ihnen, als sei dort Luft. Zurück blieb eine Schneise, das Gras war weg, sie husteten Rauch und Staub auf die Hufe des Pferdes.

Ich höre was! rief der Schwarze, er drehte sich um. Am Horizont, nicht weit hinter ihrem Rücken, fuhren Panzer auf in breiter Front. Das schien aus der Erde heraufgeschoben (was zu Hunderten auftaucht, wird nicht gezählt), schwarze Eisen schlackerten auf sie zu, schrillten und knackten über den Boden, Erde bebte gegen ihre Bäuche, warf Steine um und wackelte unter dem Pferd. Er sprang in die Luft, trat dem Pferd in die Weichen, es lief voraus den zertrampelten Hügel hinunter, er hinter ihm her in schiefen Sprüngen – das war kein Zufall, was hinter ihm dröhnte. Der Schwarze, sah er, eilte davon und schrie, er selbst lief durch totes Gelände bis in den Fluß, stand allein im Wasser und sah sich um. Ein Panzer am andern kam über den Hügel, das Pferd lag am Hang, von dem Schwarzen war nichts zu sehn. Er strampelte durch den Fluß, bis zum Bauch im Wasser, durch Trümmer von Holz und Eisen zum andern Ufer, und weiter durch Menschenleere und staubiges Land. Die Panzer – hörte er – erreichten den Fluß, ihr Dröhnen brach ab und es wurde still.

Das Pferd war verschwunden, der Schwarze verschwunden, er fragte in Häusern nach ihnen und gab es auf.

Er konnte hingehn, wohin er wollte, und war ohne Menschen nicht allein. Ohne Bäume und Vögel war er allein, ohne Spuren und Stimmen von Tieren, die er nicht kannte, etwas fehlte ihm ohne die Nähe zu Holz und Stein. Er hätte gern einen Vogel dabeigehabt, einen Kolibri ohne Käfig, vielleicht einen Zeisig, es hätte ihm Freude gemacht, ihn herumzuführen und seiner Nähe gewiß zu sein. Aber was heute nicht war, konnte morgen kommen, jeder Augenblick konnte in Zukunft ein Vogel sein. Morgens im Winter stand er auf einem Markt. Auf Markisen und Zelte fiel kalter Regen, aus Feuereimern flog kleine Wärme, zwei Musikanten standen in einer Bude, in der Nässe vor ihnen lag ein Hut. Der Mann schlug die Gitarre, das Mädchen sang:

> Überall, wo Menschen leben
> find ich einen, der bloß steht
> ohne Nehmen, ohne Geben
> wenn dort wer vorübergeht.

Fast in jeder Wegesschleife
find ich einen, der bloß liegt
während ich vorüberpfeife
und der Vogel weiterfliegt.

Und an jeder zweiten Ecke
find ich einen, der bloß stirbt
unter unsichtbarer Decke
und sich nichts hinzuerwirbt.

Ein paar Leute gaben Geld in den Hut, da fiel ihm das Geld in
den Taschen ein. Er trug es mit sich herum, es war noch da,
metallene Plättchen, zerknitterte Scheine – er konnte dafür
ein paar Vögel kaufen, aber seinen Vogel kaufte er nicht. Sein
Vogel kam zu ihm aus heiterem Himmel, aus blühenden Bäumen, aus warmer Luft. Er suchte vier Münzen zusammen, sie
klirrten im Hut, eine neue Musik begann und er ging fort.

Er hatte kein Geld gestohlen und keinen Vogel, kein Haus
und kein Leben, kein Kind und kein Geld. Er wurde nicht
abgeurteilt und nicht gesucht, von niemand beschuldigt oder
vermißt. Da er den Wert seines Geldes nicht kannte, und nicht
wußte, in welchem Land er war, sprach er zwei Fräulein auf
der Straße an – der Anblick der Damen sei so ungewöhnlich,
und ob man ihm helfen könne, er sei hier fremd. Sie führten
ihn in ein Lokal am Fluß, lachten ziemlich und rauchten viel,
und hielten die Täschchen auf den Knien. Er bat sie, sein Geld
zu zählen und ihm zu sagen, was er dafür kaufen konnte und
was nicht. Bekam er ein Haus für den Haufen Geld?

Ein Haus? Ganz bestimmt nicht, er steckte das Geld wieder ein. Aber vielleicht ein Zimmer im Hotel, für ein, zwei
Nächte –

Konnte man einen Wagen mieten?

Das kam darauf an für wie lange, und welchen er brauchte.

Ein Pferd?

Sie lachten, man mietet doch kein Pferd, vielleicht eine Loge im Eispalast oder so. Er konnte sechs Jagdscheine kaufen für sein Geld, ein Damenkostüm für den Winter, einen Anzug mit Schlips und Hut.

Bekam ein Mann eine Frau dafür –

Es schien daran keinen Zweifel zu geben. Eine Frau, warum nicht, es kam darauf an –

Worauf kam es an bei einer Frau –

Bei einer Frau? Es kam eben darauf an, auf den Kerl zum Beispiel, und überhaupt –

Er dachte nach. Es kam also darauf an.

Ich geh mit Ihnen für das halbe Geld (sagte die Schönere mit dem bunten Schmuck).

Nehmen Sie doch uns beide, für alles zusammen (sagte die Ältere mit dem schwarzen Haar, die weniger lachte und rauchte, ihn zögernder ansah).

So kam es, daß man bald das Lokal verließ.

Sie fuhren in einem gemieteten Boot (breites, ruhiges Schiff ohne laufenden Motor), saßen und lagen im Licht überm Wasser, im Schatten der Uferbäume, dort war es warm. Sie zogen die Jacken aus und danach die Schuhe, öffneten ihre Blusen und seufzten und schwiegen, man hatte drei Flaschen aus dem Lokal dabei, die Laubschatten wurden so heiß, daß man gerne trank, sehr gern mit Haut und Händen spielte, und was man haben wollte, von Kleidern befreite. Die Schöne war geräuschvoll, die Schwarze still, die eine verführte ihn, er verführte die andre, und das Boot lag in einer Bucht, wo kein Angler stand, kein Spaziergänger hinkam, kein Reiher schrie. Die Zeit ließ sie machen, das dauerte lange, sie kam am Abend zurück und brachte die Kühle und etwas Wind in das Laub überm Boot. Da brauchte man die Kleider und rauchte wieder, saß im schwankenden Boot und richtete Haare und war bald bereit, an Land zu gehn. Das Geld war fort und die Frauen winkten, er dachte an die Frauen, das Boot und die Bäume und gefiel sich selbst zum erstenmal.

Es sprach sich herum: Ein Unbekannter war da, der packte Geld in Haufen auf einen Tisch, ließ eine Frau davon nehmen, soviel sie wollte, wenn sie mit ihm geht und ihn amüsiert. Wo immer er auftauchte, stellten sich Frauen ein, in Drapierungen zwischen verhüllt und nackt, in der Hoffnung, bemerkt und mitgenommen zu werden, zum Tanz, zum Picknick, ins Grandhotel, in ein chambre separée unter freiem Himmel – wie er es verlangte, wie er es wünschte –, sofern er als Wohltäter in Erscheinung trat. Sein Erstaunen war groß, die Verlegenheit größer, und sein wahres ICH HABE NICHTS! wurde nicht geglaubt. Er nahm ein paar Frauen mit, um sie zu enttäuschen – sie wachten allein im Hotelbett auf –, und dachte: Es sprach sich herum und man ließ ihn los. Aber die Armut war langsamer als der Reichtum, und blieb ein Grund, ihn verführen zu wollen, seine Abwehr – merkte er – galt als Bescheidenheit. An einem warmen Mittag im Winter begegnete er einer alten Frau. Sie saß im Park auf einer Bank, schien lange gewartet zu haben, vielleicht auf ihn, und er setzte sich neben sie, denn sie war alt. Sie erschien ihm wie ein Porträt im Museum, etwas abgeschieden und rein und still. Das Gesicht war schön gewesen, der Mantel gut, ihre Haare waren vergilbt und dünn. Sie sagte: Sie sind doch der Mann, von dem die Frauen sprechen, nun hat Sie der Zufall hergebracht. Ich bin alt und habe nichts, aber auch ich kann Ihnen Freundlichkeiten erweisen, wenn Sie mir sagen, was Sie wünschen, wenn Sie mir entgegenkommen, ein wenig aushelfen wollen – sehen Sie, hier! Sie hielt ihm ein Bündel Fotos hin.

Er sah eine junge Frau in Trikots und Kostümen, als Stripteasetänzerin in starkem Licht, als Badende am Meer und nackt auf dem Bett. Sie sagte: Gefällt Ihnen diese Frau? Sie hätte Ihnen gefallen, nicht wahr? Wollen Sie mir ein wenig helfen – dafür, daß ich Ihnen gefallen hätte? Er sagte: Ich habe nichts und ES IST WAHR! Und er sagte: Das ist nicht so einfach bei einer Frau –

Sie weisen mich ab? Was ist für Sie nicht so einfach dabei? Sie nahm ihm die Fotos aus der Hand.

Er sagte ohne Betonung: Ich habe nichts, und schrie ICH HABE NICHTS in die leere Luft.

Oh, ich sehe, Sie weisen mich nicht ab.

Ich weise Sie nicht ab.

Sie haben wirklich nichts –

Nein, sagte er, ich habe nichts.

Trotzdem, wie schön, daß ich Ihnen gefallen hätte. Daß Sie meinetwegen bedauern, nichts zu haben. Verzeihn Sie meinen Irrtum.

Sie sagte nichts mehr, er blieb auf der Bank zurück. Sein Selbstgefallen war nicht mehr da.

Er wollte fort aus der Gegend und von den Frauen, bis nichts zu haben wieder gewöhnlich war. Er kam an das Meer und lebte am Wasser und erlebte wie früher alles und nichts. Das Meer war alles und nichts zugleich, wie der leere Horizont und der blaue Raum, wie die Sonne in ihrem fiebernden Kreis. Seevögel flogen um ihn in weiten Bogen, schwirrten mit harten Schreien um seinen Kopf. Sie standen in seiner Nähe, wenn er schlief. Ein Mädchen kam über den Strand, es setzte sich zu ihm und blickte wie er auf das Wasser hinaus, wie es schien, um herauszufinden, was er dort sah. Es wurde ungeduldig, warf Steine ins Wasser, stieß ihn an und sagte: Was siehst du denn da?

Er sagte: Das Wasser.

Das Wasser sieht man sowieso, alles auf einmal, mit einem Blick.

Ich schaue es an. Ganz hinten über dem Wasser fliegt ein Vogel.

Ich sehe ihn nicht.

Ja, man muß warten, bis man ihn sieht. Sie wartete, er behielt den Vogel im Auge.

Ich kann ihn sehn! rief das Mädchen, es freute sich.

Jetzt ist der Vogel nicht mehr da –

Nicht mehr – warum.

Er wird etwas weiter geflogen sein.

Dann ist es gut, daß wir ihn gesehn haben.

Das Kind war zufrieden, als es fortging, als sei es gekommen, den Vogel zu sehn. Auch er war zufrieden, als er fortging, das Meer zu entdecken hatte ihm noch gefehlt.

Die Zeit verging mit ihm und ohne ihn, sie benutzte alle Bäume und jeden Stein, sie mißbrauchte jeden Menschen und jedes Tier. Das wußte er schon, doch fiel es ihm wieder ein. Er kam in eine Stadt und wußte wieder, daß die Türme, Brücken und Häuser zerstört werden konnten, einzeln, der Reihe nach oder alle auf einmal. Nicht jede Katze verwunderte ihn, doch ging der Tod einer Katze nicht schnell vorbei. Sie wurde von einem Motorrad erfaßt, ihr Hinterteil lag platt am Boden, der Kopf und die Vorderpfoten verspritzten Blut – rasendes Gezappel und gellender Schrei –, er stand zwei Meter daneben, besprüht mit Blut.

Sie lebte noch, als ein Mensch auf ihn zukam, ihm ein Mikrophon vor die Nase hielt und laut und schnell zu sprechen begann: Wir möchten Ihnen, gerade Ihnen, ein paar Fragen stellen im Zusammenhang mit unserer Umfrage, also Befragung von Leuten, die wir außerhalb ihrer Häuser antreffen, das heißt, in der Öffentlichkeit. Es geht uns um Ihre persönlichen Eindrücke, die Antworten werden anonym ausgewertet, kein Risiko für Sie. Sprechen Sie ganz frei!

Es war nicht mehr möglich, wegzugehn. Das Mikrophon

vor der Nase hielt ihn gefangen. Die Katze lag still, sie war krepiert.

Erste Frage, rief der Mensch, wie alt sind Sie!

Er überlegte sein Alter und seine Antwort. Mußte man Antwort geben.

Er sagte: Schwer zu sagen, man kann das nur schätzen –

Nun gut – ungefähr!

Ihm fiel keine Antwort ein. Er schwieg.

Wie Sie wollen! Nächste Frage: Leben Sie allein oder in Verbindung mit anderen Personen?

Langsam sagte er: Immer in Verbindung mit andern Personen, sie wechseln natürlich. Man rechnet damit, daß man sie trifft, sie stehen und laufen ja überall herum, sind auch froh, wenn sie angesprochen werden, ohne Grund angesprochen werden –

Ihr Beruf!

Auch wieder schwer zu sagen. Man hat wohl keinen.

Wie lange leben Sie in dieser Stadt!

Man lebt nicht in dieser Stadt, man ist zufällig hier, seit der Nacht vielleicht, schon wieder weg –

Zufällig, rief der Mann, nun ja, das kann man behaupten. Wo haben Sie sich vorher aufgehalten!

Man war gern am Meer –

Ja, wenn Sie die Chance haben, Ferien zu feiern! Wie gefällt Ihnen unsere Stadt!

Auch wieder schwer zu sagen. Sie unterscheidet sich ja nicht von anderen. Vielleicht etwas größer oder kleiner. Es gibt viel Verkehr, viele Leute wie überall, man ist nicht über jeden verwundert, auch nicht von jedem erschreckt. Man sieht nicht, was in den Häusern passiert, wie überall –

Auch eine Antwort! Aber ich darf sagen, mein Herr, Sie machen uns den Job nicht leicht! Aber egal, wir machen weiter! Ich sage, es gibt Individuen! Was vermissen Sie in unserer Stadt!

Er gab keine Antwort.

Wenn Sie unsere Stadt verlassen, wohin begeben Sie sich! Reisen Sie viel, gern, ungern, aus welchem Grund, und womit!

Man ist viel unterwegs – er dachte nach. Man kommt ziemlich herum. Es ist noch nicht lange her, da hat man eine halbtote Frau vom Baum runtergeholt, sogar Geld damit verdient –

Aha! Nun zur nächsten Frage: Sind Sie hier je bestohlen worden und wenn ja, aus welchem Grund! Was wurde entwendet!

Man hat ja nichts, was geraubt werden kann, weshalb man totgeschlagen wird. Hat auch selbst keine Überfälle gemacht – nein, man glaubt nicht daran, überfallen zu werden, oder der Zufall schickt ein paar halb verhungerte Leute. Bestohlen, nein. Man hat im Gegenteil etwas gegeben, aber da wurde man nicht gefragt –

Haben Sie Anzeige erstattet!

Er war müde geworden, als er sagte: Man erstattet keine Anzeige. Wenn man überfallen wird, oder in Kriegsübung hineingerät, wischt man das Blut vom Gesicht und geht weiter. Man kann auch ein Stück Papier an den Baum hängen, darauf steht: Hier ist man überfallen worden, und das Datum –

Gutgut! Danke! Und was ist mit Ihren Hobbys! Nennen Sie zwei oder drei!

Er zögerte lange. Entschuldigen Sie, was versteht man darunter. Man weiß ja nicht, ob man so was gekannt hat – Hobby? Ob man das Wort verstanden hat –

Nein?! Dann die nächste Frage: Wofür geben Sie Ihr Geld bevorzugt aus, das heißt: ohne die Ausgabe zu bedauern!

Frauen – es ergibt sich, wenn man sie trifft, man fährt Boot auf dem See, es kommt darauf an. Damit hat man schon zuviel gesagt.

Genieren Sie sich nicht, die Antwort ist perfekt, das Übliche! Wofür geben Sie das meiste Geld aus!

Wieder schwer zu sagen, entschuldigen Sie. Wenn man ein Haus in der Stadt hat, kann man antworten, stimmts? Drei Antworten auf eine Frage nicht zuviel. Aber ein Haus in der Stadt, da ist es unwahrscheinlich, daß man sich hier draußen trifft –

Eine weitere Frage, mein Herr! Aus welchen Leuten, das heißt Beruf, setzt sich Ihr persönlicher Bekanntenkreis zusammen!

Nicht ganz einfach, immer mit einer Antwort hier. Man kannte einen Menschen, der war Chauffeur, mit Mütze, aber ohne Handschuhe, eindeutig, jedenfalls sah er so aus. Kinder haben keine Berufe –

Das ist hier nicht gefragt! Danke, mein Herr! Haben Sie irgendwelche Fragen! Beanstandungen! Vorschläge!

Er gab keine Antwort. Das Mikrophon wurde aus dem Gesicht gezogen, der eilige Mensch rief Danke! und lief fort. Die Katze war mehrmals überfahren worden, ein blutschwarzer Fleck, der nicht entfernt werden mußte.

Die Befragung hatte ihn verwirrt. Er lief aus der Stadt, um sie los zu sein, um unbemerkt fortzulaufen und fort zu sein, mit etwas Unbekanntem allein zu sein. Er wußte nicht, wo er war und wohin er wollte, froh, daß der Zufall Richtung und Ort entschied. Er spürte, daß die Zeit ihn in Ruhe ließ, und war froh, sich bewegen zu können auf sorglose Art. Niemand sagte ihm: Flieg um den Baum! Bezahl deinen Stehplatz! Friß deinen Arm! Alles ging gut, nur eins verwunderte ihn: daß er nicht dahinterkam, was es war. Er selber war es und war es nicht. Es befand sich in ihm und nicht in ihm. Er befand sich in seiner Mitte und außerhalb. Er kannte es nicht und hatte ihm schon verziehn. Und falls man es kennenlernte oder erkannte – besser, man wußte davon und kannte es nicht. Er hörte den unbekannten Vogel pfeifen: SCHON WIEDER NACHT, DIE SONNE SOLL SICH SCHÄMEN –

Da kam ihm ein Fremder entgegen mit einem Sack.

Es war ein großer Sack mit Beulen und Ecken, die Sache im Sack war sperrig und hatte Gewicht, der Fremde ging krumm, ein Schritt vor den andern, und konnte nicht sehn, wer entgegenkam. Er war an dem Fremden vorbei, als er merkte, den Menschen hatte er schon gesehn. Er grüßte zurück, der andre setzte den Sack ab, sie standen sich gegenüber, starrten sich an. Der andere schrie, er verdrehte die Augen, aschgrau vor Unglauben und Entsetzen, ließ den Sack auf der Straße und rannte weg – er hinter ihm her auf der langen Straße, über steiniges Land, durch Dickichte und Dornen – vier mühsam bewegte Beine in flatternden Hosen – und schnappte ihn in einem leeren Haus.

ZURÜCK ZUM SACK! DU ZEIGST MIR, WAS IN DEM SACK IST! Er zog ihn am Ellenbogen zum Sack zurück, der andre war schwächer als er und halb tot vor Schrecken, stotterndes Menschentier mit verrutschtem Hut.

Das war keine Sache im Sack, das war er selbst. Tot.

Er war stumm und aufgeschmissen, der andere auch. Ihm fiel kein erstes Wort und kein zweites ein. Der andere war nicht froh, als er anfing zu reden: Er habe den Auftrag – ihn – also den Mann – zu vergraben, ja verschwinden zu lassen, er werde dafür bezahlt. Erst die Beseitigung, danach das Geld –

So, die Beseitigung. So, das Geld.

Da ihm nichts passierte, wurde der andere laut: Der Auftraggeber?

Wieder nur einer mit dem Auftrag, ihm den Auftrag zu geben und danach das Geld. Er wurde erwartet mit dem leeren Sack.

So, erwartet mit dem leeren Sack. Wo denn erwartet –

An vereinbarter Stelle hinter sieben Straßen. Aber besser für beide, er kam nicht mit, besser, er wurde dort nicht gesehn –

Er hörte den unbekannten Vogel pfeifen. Der eine tot im Sack, der andre am Leben. Derselbe im Sack und neben dem Sack. Er stand neben dem Sack.

Geh und vergrab ihn. Na los, hau ab –

Das war ein Ruf, den der andre verstand. Er beeilte sich, den Sack zu verschnüren, auf den Rücken zu wuchten und wegzutragen, ab in die Mulde.

Der andre war weg, er war noch da, mit Luft und Erde war nichts passiert. Er hatte nichts ein- oder auszupacken, litt keinen Hunger und brauchte kein Geld, da war er bald wieder auf den Beinen, alles und nichts erwartend wie Hund und Katze, Fisch und Vogel, wie er allein. Der Tag war irgendein Tag zwischen Morgen und Abend, er stand auf beliebiger Stelle und sah sich um. Die Stelle war abgelegen, von Sträuchern umgeben, doch das war es nicht, was ihm seltsam erschien. Es war – er wußte – etwas mit Laut und Sicht. Das Land war menschenleer, von Stille belastet, wenn ein Mensch sich zeigte, geschah das in Eile, hastiges Auftauchen, schnelles Verschwinden, er schien die Sprache verloren zu haben, er verbarg seinen Schatten vor dem Licht. Ein Lastwagen kam aus dem Horizont, fuhr langsam durch das Land, mit Menschen beladen, machte kehrt mit heulendem Motor und kam auf ihn zu. Man sucht das Weite, aber es ist zu spät. Man wird in ein Seil gewickelt und kommt auf den Wagen, zwei Chauffeure haben Erfahrung damit, dann hängt und blutet man zwischen den andern – hing und blutete zwischen den andern, der Wagen fuhr weiter, langsam, und machte halt. Wenn er haltmachte, kam ein Mensch dazu, und schrie und blutete zwischen den andern, bis er ohnmächtig war oder bloß verstummt. Dann wurde haltgemacht und vom Wagen gestoßen, was unten ankam, bewegte sich oder lag still.

Die Verschnürung platzte, als er am Boden hinschlug. Er versuchte, sich aufzurichten, und sah sich um. Haufen von Toten und Untoten lagen am Boden, der Lastwagen kehrte um und verließ das Camp. Da nichts ihn hinderte, zu tun, was er wollte – keine Waffe, kein Bluthund –, schleppte er sich an den Rand eines Grabens, erbrach auf verfallende Körper und fiel in Schlaf. Etwas Fremdes berührte ihn, er wurde wach. Eine Hand betastete seine Kleider, durchsuchte die Taschen, die Schuhe, das Haar. Er stellte sich schlafend, dann schlug er zu; als sich die Hand von ihm löste, hörte er auf. Eine Frau neben ihm fiel zusammen und lag still. Er beugte sich über sie, um sie zu erkennen, sie lag mit leeren Händen vor ihm im Dreck, in schlechten Kleidern, erschlagen von ihm. Sie war tot.

Da er hier nichts mehr tun konnte, kroch er weg. Er befand sich in einem Camp von sehr großem Ausmaß, in einer nicht überschaubaren Masse von Menschen (was zu Tausenden da ist, wird nicht gezählt), lebenden, sterbenden, stinkenden, toten, ihrer Kleider beraubt, von Schmeißen befallen, vertrocknet, angefressen, zu Schleim verfault. Hinter Wällen aus Stacheldraht standen hölzerne Türme, mit offnen Etagen ohne Geländer, auf ihnen hingen und lagen die Lebewesen, baumelten an Latten, krepierten in Spalten, verdorrten gefesselt im heißen Licht. Wer noch Hoffnung hatte, drang durch nach oben, in den hohen Etagen wehte ein Hauch vom Meer, in den tiefen darunter verfaulten die Kranken und Toten, dorthin klatschten die Abfälle, Blut und Urin, davon lebten Tiere, er sah sie rennen und fliegen. Man hatte die Treppen unter sich zerschlagen, die letzten Leitern in die Höhe gezogen, wer da oben weg wollte, hatte keine Chance. Er sprang in den Schlamm, der die Böden bedeckte, kam zerschlagen zum Vorschein oder verschwand.

Jedes Leben und Sterben war sich selbst überlassen. Was nicht herumhing, schleppte sich durch die Schneisen, zeigte Blut und Wunden, schrie Schmerz und Wut. Wer noch leben wollte, suchte Nahrung, wer starb oder sterben wollte, schrie nach Erlösung, wer um den Verstand gebracht war, stand frei herum, fraß Holz und Knochen und lachte noch. Lastwagen kamen an, luden ab und verschwanden. Durch den beißenden Dampf, der das Camp bedeckte, drang starkes Licht, ein zurückgelassener Sommer, ein aufgelassener Himmel, ein leerer Raum. Hier war kein Mensch, der noch reden wollte, ihn mit eigener Stimme ansprach, um Hilfe rief, und keiner, der hinhörte, wenn er sprach. Er sprach noch, allein und zu sich selbst – was man sieht, was man hört, was man nicht erfährt; was man riecht, was man liegenläßt, was man nicht mehr weiß; was man hat, was man nicht mehr hat, was man haben muß; was man braucht, was man sucht, was man klaut und killt.

Was auf den Etagen heulte und fluchte, jammerte und spuckte, erstickte, verstummte.

Er kam hin, wo die Lastwagen standen, nicht weit von der Einfahrt, die Torflügel standen geöffnet, kein Schild, keine Schranke, eine leere Baracke, dahinter das offene Land. Vor der Baracke schlief ein bewaffneter Posten, wachte auf, sah ihn kommen und winkte ihn durch.

Er schlich aus dem Camp auf eigenen Beinen, und lief schnell, immer schneller, egal wohin, verließ die Straße, als er Motoren hörte, und warf sich ins Laub unter einen Baum. Dort lag schon einer im Laub versteckt, wurde wach, als er einschlief, und starrte ihn an. Du kommst aus dem Camp, hab ich recht –

Er hatte recht, aus dem Camp.

Ich bin einfach rausgegangen, kein Problem –

Ja, man geht durch das offene Tor, wird noch durchgewunken, ganz normal.

Der Mann war dreckig, alt und krumm, vom Knochen gefallen sowieso.

Ich habe da drin gesagt, es liegt ein Irrtum vor, ich habe nämlich nichts getan, überhaupt nichts ausgefressen, das ist der Unterschied, nichts totgeschlagen und nichts geklaut, also frage ich: Warum bin ich hier. Ich habe gesagt NICHT HERGEHÖRIG, ich muß hier raus –

Und dann?

Ich bin gegangen.

Du bist gegangen –

Gegangen, weil kein Mensch mich gehört hat, kein Mensch was gesagt hat.

Drin oder draußen, man wird nicht vermißt –

Man wird nicht vermißt.

Der andere sagte: Man paßt auf, daß es stimmt.

Als er aufwachte, war der andre weg. Er achtete auf die Richtung, in die er ging, hielt sich im Schatten von Bäumen und Steinen, schlief weit von den Straßen in einer Mulde, erwachte morgens im Zwielicht, vielleicht am Meer –

Er erwachte im Zwielicht, an beliebiger Stelle, und wußte, daß die Irrfahrt zu Ende war. Er hatte sich lange herumgeschlagen, war an ein Ende gelangt und wußte, daß ein Toter nirgends hinkommen kann. Es gab keinen Schauplatz und keinen Traum. Dann wußte er nichts mehr. Draußen blieb zurück, was ihn wertlos machte, ein übriger Leib. Irgendwer findet ihn an beliebiger Stelle, nachdem er lange gelegen hat (die Tiere haben von ihm gefressen), läßt ihn liegen, streut Sand darüber, wirft ihn auf ein Tragbrett und schafft ihn weg.

LEBENSLAUF
EINES WINDBEUTELS

Es ist nicht zu leugnen, daß das Wort Nonsense,
wenn es mit gehöriger Nase und Stimme gesprochen wird,
etwas hat, das selbst den Wörtern Chaos und Ewigkeit
wenig nachsteht.

Lichtenberg

I.

Ein Haus steht in der Gegend, das Haus ist leer. Zwielicht durchdringt den Vorraum, Fledermauslicht, doch eine Fledermaus ist nicht da. Der Staub ist da, auf Bodenbrettern und Ritzen. Die Zeit vergeht ohne Uhr, vergeht, steht still und geht weiter. Steht still und geht weiter. Sie wäre lebendig im Atem der Fledermaus, doch eine Fledermaus ist nicht da. Die hing oder schwirrte nie im Haus und wird nicht erscheinen. Totenstille, ein Toter ist nicht da. Die Zeit im Raum hat kein Merkmal außer dem Staub. Sie erschafft ihn, um etwas zu haben, das sie besitzt.

Da haut ein Stoß von draußen gegen die Tür – ein Vogel im Tiefflug, ein stürzender Baum, ein geschleuderter Stein. Das Echo verhallt, die Tür kippt aus den Angeln, langsam knirschend, lautlos fallend, schlägt der Länge nach auf den Boden mit einem Knall. Staub fliegt durch die Öffnung in das Licht. Auf der Tür am Boden liegt etwas Unbekanntes – ein Bündel, ein Körper, ein alter Sack. Da fiel etwas mit der Tür ins Haus.

Das Echo verhallt, der Staub verfliegt. Totenstille, ein Toter ist nicht da. Das Bündel bewegt sich, der Körper, der Sack. Er richtet sich auf, das dauert eine Weile, kommt auf die Beine, steht auf der Tür, und ist im Zwielicht als Gestalt zu erkennen, nicht Fisch, nicht Vogel, nicht Tier oder Untier, kein Golem, kein Monster, kein Botschafter aus dem Raum. Ein menschliches Lebewesen oder dergleichen. Was heißt dergleichen. Nun ja, ein Mensch.

Einer mit allem, was dazugehört. Das heißt ein Mensch mit Armen und Beinen, er hat einen Kopf und ist bekleidet, ohne Bart oder Brille, Schuhe an den Füßen. Der Hut ist, als er ins Haus brach, vom Kopf gefallen, liegt schwarz im Staub und scheint keine Rolle zu spielen. Der ganze Mensch ist da und scheint bleiben zu wollen. Damit ist der Anfang einer Geschichte gegeben, eine dunkle Caprice, ein Slapstick, ein Fall für sich.

Er steht auf der Tür, sonst ereignet sich nichts. Steht auf der Tür, die Schuhe im Staub. Wer sehn kann, daß er dort steht wie auf einer Bühne, ohne Kopfbedeckung im unklaren Licht, wird erkennen, daß er auf etwas wartet, daß etwas bevorsteht, daß etwas fehlt. Man sieht, die eigenen Kräfte bewegen ihn nicht. Daß er dort stehnbleibt, ist nicht zu vermuten, es wird also etwas passieren, wenn nicht durch ihn selbst, dann durch einen Anlaß, der von außen kommt, ihn zum Gegenstand eines Geschehens macht, er stünde sonst nicht auf der Tür wie auf einem Podest.

Damit könnte alles gesagt sein und die Geschichte – ein Geistermanöver, ein unklarer Fall – wäre zu Ende an ihrem besten Punkt: bevor sie begonnen hätte schon vorbei, ohne Verlust an Glaubwürdigkeit oder Stil. Für einen Menschen oder dergleichen – was heißt dergleichen in diesem Fall – hieße ein Ende, nicht geboren zu werden, nicht gelebt zu haben, nicht irre geworden zu sein.

Dafür ist es zu spät. Der Mensch ist da.

Er ist im Vorraum stehengeblieben, allein auf der Tür wie auf einem Podest, und könnte mit einem Denkmal verwechselt werden, doch ist der Vorraum nicht bekannt. Was fehlt, ist ein guter Geist, der sich seiner bemächtigt, der die tonlose Muschel aufbricht, das Dasein beschwingt. Tausendundeinmal JA für den Hellen Geist, der des eigenen Zaubers gewahr wird und ihn überträgt. Der den Finsteren Geist überzeugt hätte, nicht zu handeln, die Geschichte geschehen zu lassen, sich selbst zu verschlingen.

Der Helle Geist scheint den Raum zu beleben – der Mensch ist in Bewegung gekommen, tritt von der Tür, nimmt den Hut vom Boden und blickt durch die Öffnung in das Licht, nach dort, wo er herkommt, oder wo kommt er her. Draußen befindet sich der gewöhnliche Tag – kein Flutlicht, kein Feuer, kein falscher Schein –, es gibt dort die Sonne, das Land und das Meer, und Städte und Straßen über das Land verteilt. Die Vorstellung kommt aus dem Licht, das in Mengen da ist, doch ist es noch zu früh, aus dem Haus zu gehen. Man begnügt sich nicht mit dem, was der Zufall bringt, man bleibt im Vorraum und wartet ab. Was immer geschehn wird, entscheidet sich hier.

Der Mensch – man weiß nicht, ob die Bezeichnung stimmt –, der junge Mann läuft im Zwielicht herum und gerät ohne Absicht in den Nebenraum. Das scheint eine Küche zu sein, in der alles fehlt, bis auf den Eisschrank, der im Dunkeln summt. Die Tür springt auf, und schon hat man, was man braucht, Tüten und Schachteln, Flaschen und Büchsen – da hat sich der Helle Geist was ausgedacht. Kommt Zeit, kommen Durst und Appetit, jetzt drückt man den Deckel von einer Flasche Bier.

Man hat im Vorraum einen Tisch bemerkt, und entdeckt, was man braucht, zwei Stühle im Schatten der Wand. Man setzt sich auf einen Stuhl, der andre bleibt leer. Auf dem Tisch stehn die Flasche und das Glas.

Damit könnte alles getan sein und die Geschichte – eine zweifelhafte Kantate, ein kurzer Flop – wäre hier zu Ende ohne Refrain: bevor es zur Handlung käme schon vorbei. Für die Erscheinung eines Menschen – was heißt Erscheinung in diesem Fall – hieße ein Ende, nicht an das Licht zu gelangen, nicht getrunken zu haben, nicht irre geworden zu sein.

Dafür bleibt keine Zeit, der Mensch ist da. Er sitzt auf dem Stuhl, der andre ist leer, auf dem Tisch stehn die halbvolle Flasche, das volle Glas. Die Zeit vergeht ohne Uhr, vergeht, steht still und geht weiter. Steht still und geht weiter.

Und nun zu uns beiden.

Langsam, der Augenblick ist noch nicht da. Der Geist, sein Unternehmer, ist unsichtbar und besitzt eine Stimme, die niemand gehört. Was der Mensch von ihm wahrnimmt, befindet sich in ihm selbst. Man kennt sich noch nicht und ist schon unteilbar geworden. Man teilt ein Vertrauen ohne Gewähr und Grund. Man denkt, auf dem Stuhl sitzend, nach, welchen Ursprung man hat. Man fiel nicht vom Himmel, entstieg keinem Abgrund, die Ankunft, die man gehabt hat, ist ohne Bedeutung – entfernt zu vergleichen mit Purzelbaum oder Balkonsturz –, man erkennt darin eine Chance und hält sie fest, und besteht auf der Tatsache, nicht geboren zu sein. Das ist kein falscher Anspruch und keine Behauptung, man könnte sie verkünden, doch nicht beweisen und hängt, falls diese Auskunft bekannt werden sollte, vom Urteil gnadenloser Gehirne ab. Wer nicht durch Geburt – dieses Nadelöhr der Natur – sein Dasein erhielt, hat kein Recht auf Vorhandensein. Ohne Nummer, Papier und Ausweis soll man nicht atmen, man erscheint als Unfallwesen und steckt fest – in einem eisern organisierten Nichts. Ohne Nummer und Namen, das hält keiner durch. Die vorhandne Leibhaftigkeit wird ihm nicht bestätigt, der notwendige Sauerstoff nicht verkauft. Wie man das angestellt hat mit der eignen Materie, und was man beabsichtigt hat, gewollt und gezaubert, sieht einem Irrtum zum Verwechseln ähnlich, wird nicht zurückgenommen, bleibt unerklärbar und geht, wenn man Glück hat, als Nonsens durch.

Der Helle Geist hört sich selber sprechen, überdenkt das

Gesagte und zweifelt noch. Man faßt zusammen und kommt zu dem Schluß: Der Vorhandene oder dergleichen, der junge Mensch, lebt unerkannt, daher unangefochten, in einem Gebäude, das niemand kennt. Der Helle Geist hält ihn dort zurück, bis die Lage geklärt ist, und das kann dauern, von einem Zeitpunkt kann keine Rede sein. Man stellt die Frage, wie ist dieses Dasein zu sichern, als unangreifbarer Wert in den Raum zu stellen, der von Ungeheuern belebt und von Apparaten beherrscht wird. So einfach, wie man hier vorkommt, kann man nicht bleiben, man benötigt eine Teilhabe am Geschehen, die auf Daten, Fakten und Papieren beruht, und dies seit der Tatsache einer soliden Geburt. Alles Zweifelhafte summiert sich zu dem Ergebnis: Man beantragt eine Lebenserlaubnis, wohl oder übel und nur um sicherzugehn. Wo, wann und wie, das wird man noch kalkulieren, man wird Fürsprecher kaufen, Garanten erfinden, Geldwerte fingieren und Titel fälschen, es kommt in der Schmiere auf das Theater an. Auftritt ist alles, weil die Devise stimmt, das offensive Erscheinen, der lautstarke Mensch.

Weiß man das alles. Trifft zu, was man da gedacht hat. Ein Antrag auf Lebenserlaubnis ist kein Projekt, bei dem man am Ende als Mensch ins Freie tritt. Es geht darum, den Antrag zu unterbinden, eine Lebenserlaubnis nicht ins Gespräch zu bringen, nicht zur Diskussion zu stellen, zum Abschuß nicht freizugeben. Vielmehr geht es darum, den Begriff zu verweigern und das Wort zu vernichten, bevor es zur Auswirkung kommt.

Du kriegst den Engel in der Falle nicht, sagte der Jäger zu dem Kind. Du hättest den Engel stehlen sollen. Du hast den Fehler gemacht, um etwas zu bitten.

Damit könnte alles gesagt sein und die Geschichte – ein verunglückter Scherzartikel, ein schwacher Witz – wäre zu Ende, ohne gescheitert zu sein, bevor ein Gelächter ausbräche schon vorbei, ohne Einbuße an Prestige oder Glaubwürdigkeit.

Dafür ist es zu spät. Der Mensch ist da.

Dafür ist er hier, der Helle Geist, daß er den Menschen, der im Fettnapf sitzt, im vermeintlich Aussichtslosen herumlaboriert, in eine offene Richtung des Daseins stellt. Die fehlende Lebenserlaubnis ist keine Hürde, kein Stein auf dem Herzen, kein Brandmal am Hals. Man versucht sein Glück auf ungeebneten Bahnen, im Vergnügen der Hochstapelei, man beglaubigt sich selbst.

Die Zukunft beginnt ohne Passepartout, ohne Stempel und Selbstähnlichkeit auf dem Papier. Man kommt aus der Kälte in das Hotel, aus dem Dauerregen eines Novembertags, feucht angefroren und schwarz gelaunt, und hört, bevor man den Koffer zu Boden setzt:

Guten Abend, mein Herr
Sie wünschen, mein Herr
Ihre Kreditkarte/Ausweis genügt

Vor den kühlen Augen des Angestellten, des frageberechtigten Wächters hinter dem Pult, durchsucht man, um Ausdruck bemüht, seine leeren Taschen, in Mantel, Jacke, Hose und Hemd, und bringt außer Krümeln nichts ans Licht. Kein Ausweis? Kein Ausweis. Das verdammte Ding scheint abhanden gekommen, im Gedränge des Bahnhofs gestohlen, es ist nicht da. Man behauptet, die Nummer im Kopf zu haben, und beschriftet den Meldezettel mit seiner Erfindung, an Zahlen und Buchstaben fehlt es nicht. So hat man Glück gehabt, auf die harmlose Weise, ist keiner Behörde in die Hände gefallen, keinem Wachhund untergekommen und keiner Miliz. Man hat sich oft genug durch die Büsche geschlagen – Schluß mit den Schattenspielen und Spiegelmanövern, man braucht jetzt einen gefälschten Paß. Die Fälschung muß man bezahlen, die kann man nur kaufen, dafür fehlt die entsprechende Masse an gutem Geld, der gewitzte Umgang mit Moos und Blech, Draht und Kies, Bims und Zwirn. Der Helle Geist ist entschlossen, ihm beizustehn, und weist auf die Möglichkeit eines Diebstahls hin, oder mehrerer kleiner Vergehen, das fällt nicht auf. Schnell lernt man, das lockere Geld aus den Taschen zu holen, im Gedränge, auf einer Versammlung oder dergleichen – was heißt dergleichen in diesem Fall –, in stiller Garderobe, beim Tête-à-tête – orientiert sich in Ferienhäusern und Beletagen – Gartenstraßen, Villen, Privatanlagen – und entschließt sich für einen älteren Herrn in Graz.

Zum Einbruch geeignet sind warme Nächte, der Ausgesuchte schläft allein im Bett, von Tabletten betäubt, mit Augenbinde, die Ohren mit Kugeln aus Wachs verstopft, durch das angelehnte Fenster dringt kein Geräusch. Man weiß, daß der Herr einen Hund besitzt, ein ächzendes, dickes Begleitstück, man schaltet es aus. Es geht hier nicht um den Charakter des Menschen, um seine Tassen-Sammlung und Tennistrophäen, es genügt, daß er schläft, allein, mit verstopften Ohren – man hat ein Rendezvous mit dem Teil seines Geldes, der im Ankleideraum hinterm Bad auf der Kante liegt – in einer Wärmflasche, wie sich herausstellt – die Entnahme des Geldes ist schnell getan, man hat perfekte Schuhe und wenig Werkzeug – Taschenlampe, Schlagstock, Musterschlüssel – und verläßt den friedvollen Schauplatz mit gutem Gewissen, den stillen Herrn, das betäubte Tier.

Das Geld ist da, man hört sich im Zwielicht um, und wird verwiesen an eine Nummer, eine Stimme am Telefon, die den Zeitpunkt bestimmt und eine Adresse in den KINNBACKEN nennt. Man läßt sich vom Taxi in die Gegend fahren, geht die letzte Strecke zu Fuß, für alle Fälle, und betritt das Büro einer Abdeckerei. Das Gelände besteht aus Containern und Silos und stinkt. Ein Gehilfe erkundigt sich, man wartet und raucht, raucht und schluckt zuviel von der gärenden Luft, dann tritt der Kleemeister ein mit gewaschenen Händen – der Kafiller, der Schinder, der Blutige Boll – ein paar Worte genügen, man bringt ein Foto mit – aufgenommen in einer Box auf dem Bahnhof –, die Hälfte des Geldes geht über den Tisch, dann fehlt noch der Name, an den hat man nicht gedacht. Wie kommt man zu einem Namen in der Eile, in der Leichenluft, während der Hehler wartet und das Geld in der Schürze verschwinden läßt. Was ist denn ein Name, man sucht ihn im Telefonbuch, dort gehört er lebenden Leuten, die niemand kennt. Die Namen der Toten hat man nie gehört und die Namen der Ungeborenen sind unbekannt. In einem Namen sitzt er fest, der Mensch, und ersetzt man den Namen, sitzt man im nächsten fest. Soll man sich selbst an die Kette legen, mit Silben und Buchstaben fesseln, wie macht man das. Probiert man einen Namen, wählt man ihn aus, verpaßt man sich einen Namen, erfindet man ihn. Kann man Amado Rugby heißen, Jimbob Popnero, Hektor Klaaps. Entscheidet man sich für Extravaganz und Wohlklang, für gewöhnlichen Schnapplaut oder Symbol. Für die Namen von Präsidenten, Propheten, Köchen, Killern und Gauklern, Boxern, Pferden. Für den unauffälligen Jean, den unzähligen Jimmy, den gesichtslosen Peter, der Berg oder Becker heißt. Man überläßt das dem Hehler, der kennt sich aus. Soll der Fälscher die Daten einsetzen, Nation und Adresse, es bleibt sich gleich, ob man staatenlos ist oder Grieche, im Frühjahr geboren, und Wohnsitz in Warschau hat.

Dafür ist er da, der Helle Geist, daß er dem Menschen auf ungesicherten Bahnen zu einer erkennbaren Form des Daseins verhilft. Man hat sich selbst beglaubigt und hat einen

Ausweis, hat das Papier bezahlt und besitzt einen Namen. Man gleicht nicht dem Dieb, der sein Haus ausraubte, auf der Flucht vor sich selbst und von Namenswechseln geplagt. Man kann vor das Angesicht des Präfekten treten, Papier in der Tasche, mit erhobener Nase, und mit unverstellter Stimme rufen: Na?

So oder anders wird es gekommen sein, der Helle Geist spricht seine Genugtuung aus. Man wird zum gewöhnlichen Lebendfall der Gesellschaft, hat wenig zu befürchten, kann sich bewegen und nimmt die Gelegenheit wahr, sich umzusehn. Der entscheidende Schritt ist getan und die Geschichte – eine Bagatelle, ein Zufall, ein Spleen – kann im Sand verlaufen ohne Folgen, ohne Spott und Geläster aus der Welt.

Dazu ist es zu spät. Der Mensch ist unterwegs.

Es wäre von ihm zuviel verlangt, sich Gedanken zu machen – den Kopf zu zerbrechen –, was einen Beruf, ein Metier, ein Handwerk betrifft – einen Broterwerb, eine Aufgabe, eine Mission. Auch der Helle Geist hält Abstand zu solcher Verirrung und ist zu Opfern nicht bereit – kein Fleiß, kein Schweiß, keine Überstunden – und zieht eine ruhige Laufbahn als Gauner vor – warum nicht als schräger Vogel und Bel Ami. Es hängt davon ab, wie man KARRIERE ins Spiel bringt und die eigenen Rollen in ihr bewertet, es kommt auf Wirkungskreis und Beziehung an, man braucht einen Anschluß und ein Milieu. Der Tag ist so gut wie die Nacht und das Zwielicht, wenn man Kontakt sucht zu den RATTENLINIEN und die Szene der schwarzen Westen betritt. Mit Koks und Kidnapping hat man nichts im Sinn, strebt kein Tête-à-tête mit Carla von Oslo an, hängt nicht in der Suite des Grauen Luigi herum, trifft aber auf Bruderleben der richtigen Sorte, in den Hinterhofzimmern des PRONTO nachts um zwei.

Dort ist Teilnehmer-Paul der tonangebende Schlubi, eine

grabgruftschwarze Erscheinung mit weißen Koteletten, geschorenem Schädel und gelber Krawatte – ein Buttermilchtrinker, der Zahnstocher klaut –, Vorsicht vor dem, der keinen Bourbon säuft. Man setzt sich gezielt seiner Nachforschung aus, wird von drei Muskelpaketen zusammengeschlagen, wäscht Blut aus der Fresse mit einem Handtuch und schmeißt eine Runde Champagner früh um vier. Verschwinde, wechsel das Hemd, komm um Mitternacht wieder – mit dieser Order hat man ein Recht, zu atmen, einen Fuß in der Klappe, ein Auge blau. Der linke Arm ist eingerissen, damit wird man leben, egal ob der Schmerz das kann. Man wußte, was man riskierte, und kann nicht klagen. Es ist der Einstand, er kostet und zahlt sich aus.

Wo man glaubte, unsichtbar zu sein, im ROBINSON PLAZA, ist das dreckige Zimmer auf den Kopf gestellt. Die Schlafbox mit Luke nach Osten ist eine Ruine, deren Trümmerzeug in kein Puzzle paßt. Weil man voraussah, was man erlebte, ruhen GOLD & KLEISTER in einem Safe, sind die Luchse des Teilnehmer-Paul, die man täglich am Hals hat, ein paar Schatten auf leeren Mauern, da lacht man nur. Man gelangt ZUR PROBE in die hauptsächliche Gang, wo man überall von Ganoven umgeben ist, ihren Zigarren und Sonnenbrillen, und ihren Seitenblicken rund um die Uhr. Das Naturtalent, sich um die Ecken zu drücken, auf unscheinbare Weise herumzustehn, macht Eindruck auf die Kollegen, die lieber handeln, so wird man zum Schmierestehn abgestellt. Da steht man und steht herum wie ein Baum ohne Äste, ein Mast ohne Fahne, ein Pfahl ohne Zaun, als sei man hier aus Versehen zur Säule geworden, in der Absicht, auf schnellstem Weg wieder zu verschwinden, während Teilnehmers Leute satte Aktionen starten, Büros und Banken plündern und Beute abschleppen, in Lagerhäusern am Hafen rumoren, sich frei schießen im Hotellift und im Mercedes verschwinden.

Auf die Dauer – sie hält eine Weile an – ist der Zustand als unterer Charge nicht wünschenswert, er ist nicht aussichtsreich und wiederholt sich und bleibt von Erfolgserlebnissen ziemlich frei. Man hat Kasse gemacht, ein Mäuschen an Land gezogen, durch Alkohol und Gefahr eine Reife erlangt, durchblickt das Provisorische dieser Lage und verspürt den Drang nach einem höheren Ziel. Der Helle Geist stellt ohne Bedauern fest, daß die Lehr- und Wanderjahre zu Ende sind. Da man Teilnehmer-Paul nicht entkommen kann und noch weniger jenem Clan, den er verkörpert – es sei denn mit einem Loch im Genick, einen Kopf zu kurz, ohne Kopf im Kanal –, setzt der Helle Geist einen Plan in die Tatsache um: Man wird restlos verstümmelt, Paß in der Tasche, auf einer Müllablage gefunden, während man ohne Visa und Camouflage in einem Teil der Welt wieder aufersteht, die der Teilnehmer-Paul nur aus Schlagern kennt. Damit könnte ein TOP erreicht sein und die Geschichte – ein hinkender Onestep, ein Fake in Dur – wäre ungefähr glaubhaft an ihr Ende gekommen, das weder Applaus noch Schimpf und Schande erfährt. Dazu ist es zu früh, man bewegt sich entschlossen – und vom Hellen Geist gedrängt – in die Zukunft hinaus.

So oder anders wird es gekommen sein. Man unterbricht den Tag, um zu meditieren, um ein- oder auszuatmen und festzustellen, an welcher Stelle des Kosmos man sich befindet, und wo man sich sammeln oder ausbreiten kann. Wo man sich hinstellt und in Erscheinung tritt. Man hat verstanden, es geht um die Anwesenheit.

Vorhandensein ist alles, der Rest entfällt. Und es geht um die Aufwertung von Person & Sache, ohne falsche Bescheidenheit & Scheu & Scham. Da stellt sich die Frage, wie man sich selbst taxiert, und was man beansprucht an Haushalt und Dach überm Kopf, was in dieser Hinsicht notwendig und wünschenswert ist und darüber hinaus die enormen Profite ermöglicht – eine Utopie, die man realisieren kann: Abgemacht: man lebt nicht mehr im Hotel, sondern sitzt oder residiert in einem Gebäude, das von Park und Flutlichtanlage umgeben ist. Man beansprucht Swimmingpool und braucht Personal, also Koch und Chauffeur und verschiedene Kräfte, die pförtnern, gärtnern, bedienen und waschen, und eine Sekretärin mit allem dran, und verfügt über einen Service für jeden Fall. Und man braucht eine Gang und noch eine für die Projekte, man braucht Polizeikontakte und Leibwächter, Spitzel –, und macht nicht den Fehler, an dieser Stelle zu sparen – man braucht ein paar Mitgliedschaften und einen Sport, und kauft eine Datscha an einem netten See. Und bevor die Großen Pläne zum Tragen kommen, bevor man sich weiterblickend zu ihnen äußert, braucht man den Führerschein und den Übergangswagen, man braucht einen neuen Namen und einen Paß. Man hat Kohle mit rübergebracht aus Teilnehmers Zeiten, beschafft einen neuen Dodge und die fragliche Licence, beschließt, im Land zu bleiben und einzusteigen, groß rauszukommen in wechselnden Unternehmen, und erstrebt eine Reputation als der Große Mangeboue. Der Ort heißt Rom, Berlin oder Kopenhagen, mit Klima und Sprache hat man nichts im Sinn, dafür gibt es Aircondition und Übersetzer, die speziellen Computer beherrscht man selbst.

Die Zukunftsvision geht klar und die Chancen sind deutlich, das Dasein hat Perspektiven und die Geschichte – ein Groschenheft mit Pointe, ein Sound mit Pfiff – bleibt sich selbst überlassen und treibt aus der Sicht, zur Erleichterung des Verfassers ohne Folgen, ohne Spott und Gelächter aus der Welt.

Zu spät, mein Freund, die Geschichte läuft weiter, und der Große Mangeboue steckt in ihr drin.

Dazu ist er da, der Helle Geist, daß er Feingefühl zeigt und Nuancen vermittelt, jene feineren Töne, Gesten, Eigenarten in Profil und Erscheinung der Persönlichkeit. Man ist die Gesellschaftspotenz, eine weiße Weste, der Besitzer von Häusern und Leuten und ist der Chef. Man hat sich auf die Höhe der Zeit begeben, dort benötigt man eine Würde und einen Stil, zum Beispiel die Qualität des Bestechens, Mauschelns, Täuschens und Schwindelns mit Varianten, die genau Rechtschreibung und den Maßanzug. Man wird manches studieren, kapieren und auswendig lernen, mit Anpassungsnöten zu kämpfen haben, doch ist das kein Hemmschuh für den run zum success. Man nimmt Tanzunterricht bei einer Miss Lighthall, mit den Schwerpunkten Engtanztitel, Tango und Rock. Man absolviert einen Kurs der Gulbenkian-Stiftung mit alten Theaterlehrern und jungen Veilchen – die Artikulation mit Nebengeräuschen, die Kunst der Konversation und ähnliche Themen: WIE SAGT MAN ICH, OHNE SICH ZU MEINEN – WIE LACHE ICH RICHTIG und HOCHSTAPELEI ALS HANDWERK. Man belegt einen Intensivkurs für SCHNELLES LESEN und das Volkshochschul-Angebot zum Verfassen von Briefen – WERT UND UNWERT DER MITTEILUNG IM ÖFFENTLICHEN UND PRIVATEN BEREICH. Man meldet sich auf das Inserat eines Lehrers, der Gehen, Stehen, Sitzen und Liegen vermittelt und DIE 19 ARTEN, EIN BUCH IN DER HAND ZU HALTEN, und sitzt im Institut für Erwachsenenbildung, wo DISKUTIEREN trainiert wird anhand der Sätze: DER FESTSTELLUNG, WAS EIN MENSCH IST, ENTKOMMT MAN NICHT und: DER FESTSTELLUNG, WAS EIN MENSCH IST, KANN JEDER ENTKOMMEN. Ein Skiunterricht in St. Moritz ist nicht so wichtig, wichtiger offenbar die Lektüre von Büchern, die man sich selbst nicht verordnet hätte, über Psychologie, Ernährung und Seelenkunde und WORAN ERKENNEN WIR DIE NATUR.

Doch wird man es einmal satt, sich zu manipulieren, und auch der Helle Geist hat genug davon. Man hat, was man wissen muß, früh kapiert, und nie im Smoking Tennis gespielt. Man ist nicht geschaffen für diese Art Überbau und kommt in Gesprächen auf den Satz zurück: Überbau, was heisst Überbau: man hat sich da höchstens mal vollaufen lassen. Man weiß, was man von sich zu halten hat, von sich und seinen Leuten erwarten kann, und lädt nicht nur Banditen zum Frühstück ein. Ziel bleibt das schnelle und das große Geld, man verschweigt das nicht, betont es nicht, und hat daraus kein Geheimnis gemacht.

Es ist der Helle Geist, der spricht: Man geht auf der Brücke über den Fluß. Es ist ein Wintertag, windig da oben – vom Wasser steigt kalter Nebel auf –, und erinnert sich, daß man Handschuhe hat. In den Manteltaschen ist einer, der andre ist weg. Da ein einzelner Handschuh nicht das richtige ist, wirft man ihn übers Geländer in den Fluß. Auf der Brücke gehend, nach einer Weile, entdeckt man den andern im Futter des Mantels. Da der andre allein nicht das richtige ist, wirft man ihn übers Geländer mit starkem Schwung. Und da man vergißt, ihn loszulassen, fliegt man davon und verschwindet im Fluß.

Man sollte nicht in die Lage kommen, kann aber keine Vorsorge treffen – oder wirft die Handschuhe in den Ofen, trägt auch im Winter keinen Mantel und meidet Brücken.

So oder anders wird es gekommen sein. Die Zeit vergeht ohne Uhr, vergeht, steht still und geht weiter. Steht still und geht weiter. Man wird aufgefordert, nicht stehenzubleiben, und bewegt sich unaufgehalten in eine Richtung, die man für die einzig praktische hält. Man steht nicht nur mit Ganoven am Tresen, man sieht sich nach passender Gesellschaft um. Man bittet Herrn Moor, den Kurator, in seine Datscha, weil er Zeit und Einfluß und nichts dagegen hat, macht im Flaure die Bekanntschaft der hübschen Miss Labour und vertieft – am besten auf einer Regatta in Wyborg – die Beziehung zu Jump Crasnapolski und seiner Gemahlin – entsprechende Leute, kann nicht von Nachteil sein. Man besucht die Oper mit Leila und ihrem Bruder, den Millionenerben von Part & Poster. Auf einer Party in den Bellago-Gärten lernt man endlich die beiden Luzetti kennen, Senior und Junior, und schleppt sie zum Cocktail ab. Man vereinbart verschiedne Picknick-Ausflüge – mal in die Bergwelt, mal an das Meer – mit verschiedenen Damen, auf die man ein Auge wirft, und spielt Skat und Billard mit Karl Kröpke junior, in der Hoffnung auf einen gemeinsamen Deal. Man kennt Nobby Strohhalm und vier oder fünf seiner Mädchen, den PATEN nur als Vorstand der Puschkin-Gesellschaft und den alten Müller-Bergson nur als Mäzen. Man ist bei Turiner-Bob an Sylvester zu Gast. Man kennt Elvira Grab und Tommaso Art.

Man trifft sich mit Journalisten und Clubmitgliedern, Vertretern, Designern und Autohändlern, und andernorts mit Tom Sportsfreund und Uhl dem Floh. Die einen vergißt man, weil nichts daraus wurde – weil ein Gegenbesuch nicht zustande kam und so weiter –, die Beziehung zu andern pflegt man mit Charme und Takt. Der private Umgang ist vergleichsweise harmlos, obwohl eine Dame zum Problem werden kann und so mancher Amigo sich als Kretin entpuppt. Die Geschäftsbeziehung gleicht einem rohen Ei, das im Schnellauf auf einem Löffel getragen wird.

So führt man im sichtbaren Raum wie im unsichtbaren, in Höhenlagen und Unterkellerungen ein nicht immer geregeltes Leben zu neuer Gewißheit, und tritt schon eine Weile auf der Stelle, die nicht länger im unklaren liegen soll und – nicht zu spät – ins Zentrum der Wahrnehmung rückt. Es ist die alte Geschichte CHERCHEZ LA FEMME, in der man lange genug seine Rollen geplustert, seine Chancen verspielt, ein Comeback nach dem andern probiert hat – Himmel- und Höllspiel zum Steinerweichen – Komödie, Spektakel, Katzenjammer –, und hat genug davon und bekommt noch mehr, und versinkt immer tiefer in dem Rosinenfaß – in dem Honigfaß mit den vielen Fliegen – und ist durch Erfahrung nicht zur Vernunft gekommen, dem Gelächter der Götter ausgesetzt.

Dafür wäre er da, der Helle Geist, daß er die Kosten der Sache in Grenzen hält, ihre Ups & Downs – jene Fieber-kurve – auf erträgliche Maße reduziert, und man kommt da-von mit gedämpften Gefühlen und hat noch Reserven an HOPE & JOKE.

Es ist nicht zu spät. Wie fängt es an.

In einer Sommernacht auf dem Boulevard? An einem Re-genmorgen im Bett mit wem? Aus Luft und Blau ergibt sich eine Romanze, ihr Name lautet Elvira, die Haut ist schwarz, und man hat zum wievielten Mal ein Frau besucht. Das ist der Anfang, der Anfang wovon – offener Verschluß einer Kette von Perlen –, und setzt sich fort mit Mina Marina Tina – Jette Jeanette Josette in schwarzen Strapsen, und gerät auseinander durch Signor Comphortas, der aus Rom kommt und Geld um sich wirft in verstörenden Mengen, den Dodge hat, das Grandhotel und Zeit und Flair, und Jette Georgette Babette sind nicht mehr da. Das schwört und beschwört man vor gu-ten Zeugen – man wird Bims & Blech um sich schmeißen in rauhen Mengen, die Frau in Kleider stecken und wieder aus-ziehn! Die Zeit vergeht nach der Uhr, vergeht, steht still und geht weiter. Steht still und fliegt weiter. Man steht mit Blu-menstrauß vor dem HILTON und wartet, mit Blumenstrauß vor dem IBIS und wartet schon wieder, mit Blumenstrauß in Flughafen, Bahnhof und Lände, und wartet noch immer mit seinen Rosen und Veilchen, vor verschlossenen Türen oder hinter ihnen, und kommt nicht immer an das erhoffte Ziel. Man hat die Geschichte mit Laura erlebt, eine hübsche Wiederholung mit Jane und Antonia, zwei stürmische Varianten mit Anna und Carla, eine lyrische mit Odette und den Rest mit Zephira, im zarten Schein einer AMERIKANISCHEN NACHT. Man hält sich in Petersburg und Venedig auf, macht Pause in der Karibik, taucht unter in Kapstadt, fährt Trambahn in Lissabon und in San Francisco, wirft die Kohle aus Taschen und Fenstern für seine Begleitung und konzentriert sich auf den Faden der Handlung: Wie kriegt man die Seele ins Bett und wie wird man sie wieder los?

Das scheint sich zu ändern, als jene Dame erscheint. Sie ist allein, von ihr hat man nicht geträumt, und hätte von sich aus nichts unternommen, keinen Dollar für sie aufs Spiel gesetzt. Der Anlaß kommt aus der Situation. Man steht aneinandergedrängt in der Seilbahn, die Kabine schaukelt über den Hängen des Kogel, man tastet nach einem Halt und ergreift ihn, wird auch selber als Halt in Anspruch genommen, und befindet sich Auge in Auge und Brust an Brust im Gleichgewicht mit der Dame und hält sie fest – ein blaues Sommerkleid, eine weiße Schulter –, wird von Haar und Atem gestreift und kann nicht viel machen, als die hübsche Bedrängnis auf sich wirken zu lassen und der Ankunft am Gipfel benommen entgegenzusehn.

So oder anders wird es gekommen sein, denn man bleibt ein paar Nächte und Tage eng beisammen, in der kühlen, würzigen Luft, im duftenden Bettzeug, auf bequemen Promenaden durch Böden & Almen, in Speisesälen und herbstlich erwärmten Veranden, und hat sich – man merkt es – ein Vögelchen eingefangen, das gern in dem Käfig bleibt, den man offen hielt – und nun abschließen soll mit dem Ergebnis, daß man gemeinsam HOCHZEIT ins Auge faßt. Die Flitterwochen hat man hinter sich. Dafür ist er da, der Helle Geist, daß er die Lage erfaßt, die Bedingungen klarstellt, die Forderungen zurückweist, den Leichtsinn erlöst, den Knoten zerhaut und man ist frei. Man hat sich im Taxi schnell entfernt – die Dame betrinkt sich im Tearoom der Talstation – und in wiedergewonnener Freiheit orientiert – noch mal davongekommen, ein neuer Buffone, der seine Geschäfte mit Pep & Courage in Gang bringt und die Einsätze zu erhöhen weiß.

Damit könnte alles erzählt sein und die Geschichte – ein flinkes Halbfabrikat, ein verstimmter Belcanto – ist als Happy End auf der Strecke geblieben, ein Groschenheft für den Finsteren Geist, der zusammengesunken im Zwielicht der Limben hockt, mit entzündeten Augen Makulatur verschlingt. Dort läßt kein Heller Geist eine Story scheitern, er bringt sie – hebt sie – zurück in ein offenes Geschehen, und in eine Dezembernacht in der Metropole – ein schneller Regen vereist auf den Straßen, der Verkehr zieht langsam über die Avenuen, als würden Totenwagen herumgezogen, Särge und Trauergäste ohne Zahl, ohne Richtung und Ziel in der Nacht unterwegs. Man hat sich im Taxi zu einem Empfang begeben, dem alljährlichen LUMPENSAMMLER des Hartford-Clans, streift an Beachtung gewöhnt durch volle Säle und bedient sich mit Liliput-Gabeln am Kalten Büffet, in der Linken Sektglas und Zigarette, die Rechte frei für Umarmungen, Püffe, Winke – so verfängt man sich im Gezwitscher zweier Damen, die auf ihn und den Zufall gewartet haben, und es HIMMLISCH finden, daß einer wie er plötzlich dasteht, sich von Blicken und Stimmen umschwirren läßt –

je t'avais dit tu m'avais dit je t'avais dit
je t'avais dit je t'avais dit tu m'avais dit
tu m'avais dit je t'avais dit tu m'avais dit

Die jüngere Dame hat sich diskret entfernt, man bleibt mit der andern allein und versucht das Beste, wird von ihr zum Büffet gezogen und muß mit ihr tanzen – imitiert nach Bärenart einen RumbaRumba – und ein netter gemeinsamer Rausch bewirkt, daß man sie flüchtig küßt und nach Hause begleitet, im Taxi dem üppigen Ausschnitt näher kommt und die Nacht in ihrem Bett verbracht haben wird – kein Erlebnis, auf das man zurückkommen müßte, doch zeigt Julietta, so heißt sie, verblüffende Kräfte, seinen Kopf immer wieder in ihre Richtung zu drehn. Sie ist vermögend und heiter und hübsch und alles, doch spürt man: hier soll eine Sache besiegelt werden. Auch war sie, wie man erst jetzt erfährt, die vorletzte Angelachte von Jump Crasnapolski – das heißt, sie weiß, was ein Deal ist, ihr macht man nichts vor. Und das heißt auch, sie hat Verständnis für dies und das.

Soll man entscheiden. Soll man nicht.

MAN AHNT, ES IST NOCH ZU FRÜH, DEN KOFFER ZU ÖFFNEN, viel zu früh, sich einzubringen in solche Sache, wenngleich sich der Helle Geist seiner Stimme enthält. Man wird noch Gelegenheit haben, sich frei zu entscheiden, seine Reputation mit einer Frau zu verbinden, die Vertraute sein wird und Mutter der Kinder, und ein Leben führen, das dem aller andern gleicht, im Wechselstrom menschlicher Wärme und festen Vertrauens, der das Bett und den Haushalt beständig umschließt.

Nun macht man den Fehler, ihr das zu sagen, die Folgen sind furchtbar. Die Hindin verwandelt sich in eine Ratte, man flüchtet aus ihrem Apartment ohne Schuhe, die Haut ist zerkratzt, die Hose zerrissen und die Gegend widerhallt von Schrill & Schrei. Da kann man sagen, man hat Glück gehabt, und ungefähr behaupten, man hat es geahnt. Für heute die Feier des Tags, alles andere später – Leib ohne Unterleib, stille Routine –, alles andere später. Man versammelt seine Leute im OCEAN PLAZA und feiert NIE WIEDER auf die bewährte Art.

Damit könnte alles gesagt sein und die Geschichte – ein zweifelhafter Schlamazel, kein Fall für sich – wäre endlich ans

Ende gekommen und damit gut, der Verfasser kann gehen, das kümmert keinen, und der Leser wendet sich schöneren Schriften zu. Das letzte Wort hat der Helle Geist, er bestimmt, daß hier nichts auf der Strecke bleibt, kein Wort verkommt, keine Spur sich in Luft verliert. Für einen Gauner oder dergleichen – wer wäre dergleichen in diesem Fall – ist ein Ende vor Ablauf der Zeit nicht zu akzeptieren. Man möchte wissen, wie es weitergeht.

Dafür ist er da, der Helle Geist – er gibt der Geschichte den Anlaß, sich zu entfalten, und bringt zur Sprache, was man noch nicht weiß. Die Zeit vergeht, ein Ganove wird älter, was man zustande brachte, hat Konsequenzen und erweist sich von selbst als STARKER SCHNITT. Die Absicht war klar, die Taktik entschlossen, und die Kohle ist unter Dach und Fach. Gewaschne Finanzen, ein paar Fusionen und ein bißchen Nachdruck von Fall zu Fall – man hat nun allen Grund, sich zurückzuhalten, hilft Greenhörnern auf die Beine, berät Kollegen, finanziert den Nachwuchs und streicht Zinsen ein, unterhält noch ein Büro in New York City, ein paar Briefkastenfirmen mal hier, mal dort, eine Boîte in Paris und so weiter, was heißt und so weiter – es heißt, man steht auf der Höhe und atmet durch. Man besitzt die Gattin, die Position, den Einfluß, und alles Persönliche, das dazugehört – den dezenten Embonpoint, die verdeckte Glatze, ein Ensemble von Anwälten, Ärzten und Sonderberatern, läßt schneidern und kochen in Fünf-Sterne-Häusern und legt Hundert-Meter-Strecken zu Fuß zurück. Man rechnet mit vielem und erhofft sich manches – von Doktorwürde, Enkeln und neuen Mätressen –, der Helle Geist ist aus dem Gedächtnis verschwunden, der eigene Ursprung erscheint in gefiltertem Licht. Dafür ist sie da, die Geschichte mit ihrem Verfasser: sie begleitet seinen Aufstieg und hält ihn fest.

II.

Langsam, der Punkt ist noch nicht erreicht.

Man steckt in den Anfängen der Geschichte – der Helle Geist hielt ihren Ursprung fest, hat den Vorraum des Hauses nicht verlassen, hing Träumen nach, provozierte die Zukunft, vom Hellen Geist korrigiert und beraten und nicht ohne Grund in die Irre geführt. Man hat eine Ahnung oder kann sie haben und sitzt am Tisch vor einer Flasche Bier, die Flasche ist ausgetrunken, das Haus ist leer, Zwielicht durchdringt den Vorraum, Fledermauslicht, doch eine Fledermaus ist nicht da. Der Staub liegt auf Bodenbrettern, in Löchern und Ritzen. Die Zeit vergeht ohne Uhr, verging, stand still und ging weiter. Steht still und geht weiter. Sie wäre lebendig im Schwirren der Fledermaus, doch eine Fledermaus ist nicht da. Totenstille, ein Toter ist nicht da. Man selber ist da und sitzt am Tisch.

Läßt man ihn laufen, fragt der Helle Geist, hat man das mögliche für ihn getan, ihm eine Voraussicht gegeben, ihn motiviert, seinem Dasein als Schräger Vogel die Richtung gewiesen, genug an wahren und weiteren Werten souffliert? Kann man ihn leichten Gewissens sich selbst überlassen – als Ganove und Stiefbruderleben oder dergleichen – was heißt dergleichen in dieser Geschichte –, läßt man ihn laufen, gibt man ihn frei?

Hut auf den Kopf, man verläßt den Tisch und hat seinen ersten Schritt getan. Der zweite Schritt führt durch das Haus, der dritte über die Tür durch das Loch in der Wand, in einen Tag, der Licht und Zeit verschwendet, man hat Augen und Ohren und Boden unter dem Schuh. Vor dem Haus ist die Welt, man findet sie vor, es ist ein Platz unter einem Baum, es scheint geregnet zu haben, die Erde ist feucht, der Staub schwimmt im Wasser und löst sich auf. Eine warme Jahreszeit kommt dazu, das Laub ist entfaltet, schon wieder oder noch immer, die hellen Blätter der Birke schwirren im Wind. An Mauern entlang führt ein Weg in die Gegend, es gibt dort Häuser, Hügel, Wasserläufe, man sieht Fahrzeuge auf den Straßen und Vögel darüber und bewegt sich, vom Hellen Geist verlassen, mit zögerndem Schritt auf die Kreuzung zu.

Der Helle Geist ist zurückgeblieben, er hütet das leere Haus und seine Umgebung. Man wird noch im Auge behalten, doch nicht mehr begleitet, die Komplizenschaft fehlt, man vermißt seine starke Stimme und dreht sich vergeblich nach ihm um. Er wirft keinen Schatten, ist nicht mehr zu hören, wird nicht mehr erscheinen.

Rund um die Kreuzung findet ein Jahrmarkt statt. Man scheint dort erwartet zu werden, man wird begrüßt, und angerempelt, gepackt, in den Schatten gezogen – der Helle Geist bemerkt es mit Unbehagen –, von Taschendieben hart bedrängt, von Bettlern und Bauchläden in die Mitte genommen. Warum hält man ihn fest, was will man von ihm. Die Schätze aller Windbeutel nur für ihn – die ganze Welt und eine schwarze Brille, und Krücken, Hosen, Kekse, Groschenhefte, Computer, weißen Staub und süße Brote. Ihm nähern sich Herren mit gemischter Ware, mit Prämien für Kopf und Kragen, für Finger und Füße, mit dem Vorteil der Prothese, dem Nachteil des Lebens, dem Nutzen des Sterbens, der Lebensgefahr für die Zunge. Entblößte Damen stellen sich in den Weg, Verkäufer von Bibeln, Antennen, Waffen, man wird von Zungen umarmt, von Zähnen betastet, von Egeln gebissen und ausgesaugt, mit Gerüchen eingesprüht und immunisiert, schluckt Schlaf und Traum und trinkt tolle Laune, wird fotografiert, mit Skeletten verglichen, mit Zahlen gestempelt und tätowiert, unterschreibt Papiere in allen Farben, schwankt still und schwach durch den Rummel und fällt, bevor man umfällt, in einen Wagen, der mit offener Tür gewartet hat. Der Helle Geist hat den Durchgang verfolgt, aus unüberwindbarer Ferne, ohnmächtig und stumm. Der Chauffeur schließt die Tür, das Taxi springt an. Das kannst du nicht machen, ruft der Helle Geist, der Mensch da hat keinen Groschen, schmeiß ihn raus – na los, schmeiß ihn raus und laß ihn laufen! Sein Ruf verhallt in Räumen, die nicht bewohnt sind. Das Taxi verschwindet am Horizont.

III.

Eine Straße führt in die Gegend, die Gegend ist leer. Es ist eine Jahreszeit ohne Wärme, das Gras hängt brüchig in den Graben, auf der Straße läuft Wasser in Pfützen zusammen. Am Horizont taucht ein Fahrzeug auf, erreicht eine Kreuzung und bleibt stehn. Es ist ein Taxi, der Chauffeur steigt aus, öffnet den Schlag und heraus fällt ein Ding, ein Körper oder dergleichen – was heißt dergleichen –, ein Sack Kartoffeln, ein Haufen Stoff. Das Fahrzeug kehrt um und verschwindet im Regen, der herausgefallene Sack liegt da.

Da liegt er und liegt und nichts passiert.

Die Zeit vergeht ohne Uhr, vergeht, steht still und geht weiter. Steht still und geht weiter. Was steht, bleibt stehn, der Baum, der Busch, der Pfahl. Was fliegt, fliegt weiter, der Vogel im Regen. Was liegt und herumliegt, bleibt liegen, der Stein, das Holz, und das Bündel am Rand der Straße und nichts passiert.

Dann bewegt sich das Bündel, der Körper, der Sack. Es richtet sich auf, das dauert eine Weile, kommt auf die Beine und steht auf der Straße und ist im Licht als Gestalt zu erkennen, nicht Fisch nicht Vogel, nicht Tier oder Untier, kein Golem, kein Monster, kein Botschafter aus dem Raum. Ein menschliches Lebewesen oder dergleichen. Was heißt dergleichen. Nun ja, ein Mensch.

Einer mit einigem, was dazugehört. Er hat einen Kopf und ist bekleidet, hat Arm und Bein und Schuhe an den Füßen, der Hut ist, als er ins Gras fiel, vom Kopf gefallen, liegt naß im Dreck und scheint keine Rolle zu spielen. Das Gesicht ist gedunsen, die Augen sind trüb, die Schuhe zertreten, die Kleider verbraucht. Der Mensch ist nicht schön und nicht häßlich, nicht jung und nicht alt. Ein Alter muß er haben, doch scheint es leer, als habe die Zeit ihn ausgefressen und den Körper zurückgelassen, um zu beweisen – was kann bewiesen werden mit dieser Erscheinung, die ein Grauer Geist zu beherrschen scheint. Damit ist das Ende einer Geschichte gegeben, eine dunkle Caprice, ein Slapstick, ein Fall für sich.

Wer sehn kann, daß er dort steht wie ausgesetzt, ohne Kopfbedeckung im nassen Tag, wird erkennen, daß er auf etwas wartet, daß etwas bevorsteht, daß etwas fehlt. Man sieht: aus eigener Kraft bewegt er sich nicht. Daß dies so bleiben könnte, ist nicht zu vermuten, es wird also etwas passieren, wenn nicht durch ihn selbst, dann durch eine Ursache, die von außen kommt, ihn zum Gegenstand eines Geschehens macht, er stünde sonst nicht im Wasser wie abgestellt.

Er hebt den abgesunkenen Kopf und ruft. Kein Klagelaut, kein Schrei, kein Name – ein Ruf ohne Inhalt, der nicht in die Weite dringt. Er horcht mit erhobenem Kopf und nichts passiert. Aber der Helle Geist – um ihn allein geht es, ohne ihn wäre die Geschichte zum Gotterbarmen und der Mensch auf der Straße keinen Fangschuß wert –, der Helle Geist scheint etwas gehört zu haben – sofort beschlossen und unternommen zu haben –, denn die graue nasse Gestalt hat die Kreuzung verlassen und folgt einem Fahrweg hinaus in das Land, wo ein Schuppen mit Baum zu erkennen ist. Es scheint der Ort seiner Herkunft zu sein, bewohnt vom Hellen Geist – DIES IST SEINE STÄTTE –, man erinnert sich, an was erinnert man sich. Das Gedächtnis bewegt sich durch schwaches Licht, tritt auf ein Brett, stößt gegen Tisch und Stuhl. Mehr ist nicht da, das wenige muß genügen, und man geht einer nicht geheuren Gewißheit entgegen, die den Kopf beflügelt und die Schritte lenkt. Dafür ist er da, der Helle Geist, daß er die Lage erfaßt, den Erschöpften schüttelt, auf die Beine stellt und ins Trockene führt.

Hut auf den Kopf und ab, Mangeboue.

Er ist dafür da, die Geschichte in Gang zu halten, und weiterzuführen auf eine Weise, die dem Finsteren Geist alle Luft aus dem Segel nimmt und sie an ein Ende bringt, das den Aufwand lohnt. Er wertet auf, er wertet alles auf, was in Schund & Schande zu verkommen droht, in den Fängen der Langeweile an Lust verliert, in Desillusion oder Übel dahinvegetiert.

Man erreicht das Haus auf eigenen Füßen, stößt eine Tür auf und betritt den Raum. Das Auge gewöhnt sich an unscharfes Licht, die Haut an die trockene Luft und der Kopf wird still. Zwielicht durchdringt den Vorraum, Fledermauslicht, doch eine Fledermaus ist nicht da. Totenstille, ein Toter ist nicht da. Der Staub liegt auf Bodenbrettern und füllt die Ritzen. Die Zeit im Raum hat kein Merkmal außer dem Staub. Sie erschafft ihn, um etwas zu haben, das sie besitzt.

Man tastet sich an der Wand entlang und gerät ohne Absicht in den Nebenraum. Das scheint eine Küche zu sein, in der alles fehlt, bis auf den Eisschrank, der im Zwielicht brummt. Die Tür springt auf, und schon hat man, was man entbehrte, dicht ausgebreitet im weißen Licht, Büchsen, Gläser, Flaschen und Schachteln und Tüten – da hat sich der Helle Geist etwas ausgedacht, da hat er für alle Fälle was vorbestellt. Man drückt den Deckel von einer Flasche Bier, bläst Staub aus dem Glas, das am Boden liegt, hat im Vorraum einen Tisch bemerkt und entdeckt zwei Stühle vor der dunklen Wand. Man setzt sich auf einen Stuhl, der andre bleibt leer. Auf dem Tisch stehn die Flasche und das Glas.

Und nun zu uns beiden.

Langsam, langsam. So schnell geht das nicht. Was zu geschehn hat, wird nicht von ihm bestimmt. Die Geschichte läßt ihn wissen, wenn sie ihn braucht. Die Kleider trocknen und man trinkt das Bier.

Die Zeit vergeht ohne Uhr, vergeht, steht still und geht weiter. Steht still und kriecht weiter –

Und nun zu uns beiden, spricht der Helle Geist.

Bruderleben, was ist passiert. Wie sieht man denn aus, wo kommt man her.

Nun sitzt man da und überlegt, was passiert sein kann und woher man kam, wo es anfing und wohin man kommt, Anfang und Ende, kommt und geht.

Es ist die Geschichte eines COUP, die den Anfang und das Ende zusammenfaßt, und den man mit BÖSEM BLICK in Erinnerung hält. Sie ist ein Beispiel an Chuzpe und ein Symbol. Man fährt – das Datum spielt keine Rolle – mit achtzehn Kollegen durch die Steppe, auf zwei Lieferwagen bequem verteilt. Zwischen den beiden fährt ein dritter, mit Granaten und Schießeisen reich bestückt. Das Klima ist günstig, ein trockener Tag im September, die Laune gehoben und die Absicht klar: Man haut die Zentrale der Konkurrenz zusammen, jenes sagenhafte CENTER bei Nabakoff-City, die man nur einmal betrat und bald verließ, von LEONTJEVS SICHERHEIT an die Luft gesetzt – Erholungsheim des Geheimdienstes lange her –, und nun rafft man den ganzen Verein und zerschmeißt den Rest, und wird nie wieder was hören von Leuten wie MALCHO und BEAT OLDSMOBIL und PUGATSCHOV DER TRÄNE, und nie wieder bei WALZE VASCO in Schulden stehn. Der Schlag – diese Exekutive für und für – wird reichlich vor Mitternacht von der Bühne sein, in Szene gesetzt um 20 Uhr 10, wenn Vascos Jünger beim Abendmahl sitzen, die EXEKUTIVE DER ZWÖLF sich selbst außer Kraft setzt, fressend und saufend in ziemlicher Harmonie. Die Wächter im Park und die Leibwächter in den Gängen, die Alarmanlage, die Wachhunde Beppo und Poldy – sind Statisten im Vorfeld und verschwinden schnell. Man kommt in umwickelten Schuhen, in Maske & Handschuh, verkleidet als Zombie, Playboy, Karl der Große – ein Spaßvogel achtet auf die persönliche Note, hinterläßt amüsante Zinken, doch keine Spur. Das Vorratshaus fliegt in die Luft und der Koch mit der Küche, wenn sattes Geballer die Tafel in Trümmer legt, Porzellan und Knochen durcheinanderfliegen, der Wein aus den Scherben tropft und das Brot krepiert. Dann der Safe, die Tageskasse, das Geld in den Taschen und was sonst an Wert & Ware den Schauplatz erleuchtet – dann sitzt man im Lieferwagen mit Koffern und Säcken, sortiert die Ware zusammen und auseinander, und verschwindet, auf Nebenstraßen dezent verteilt, mit etwas Nervenflattern und Luft im Magen, doch im Hochgefühl eines totalen Coup!

Langsam, langsam. So schnell geht das nicht.

Noch befindet man sich auf der Zufahrt, verteilt auf drei Wagen, ein ziviler Konvoi nach Vorschrift fahrend, auf Tempolimit und Abstand achtend, die Steppe ist flach wie gewohnt und leer wie immer, es ist der Nachmittag eines gewöhnlichen Tags, und die Umstände sind, der Planung entsprechend, perfekt. Pünktlich nach Uhrenvergleich, wie vorausgesehn, erreicht man die Eisenbahnstrecke Sokolkov-Pilsk, ein vereinzeltes Gleis an verlassenen Stationen, metallenes Rinnsal durch Menschenleere und Gräser, und bleibt vor herabgelassenen Schranken stehn. Die Stelle wird in den Plänen als OFFEN bezeichnet, doch kann ein Zufall was andres gewollt und aus eignem Interesse gehandelt haben – die Zuständigkeit in Pilsk, der Computer versagt – ein Sondertransport von Schlachtvieh läßt auf sich warten – und man hat im Hinblick auf eine Panne mehr Zeit mitgenommen, als man verbraucht. Man kann hier nur warten, gedulden, Füße vertreten, kann die Stelle auch nicht umfahren, der Gräben wegen, die Schranken sind eingerastet und liegen fest. Man hat Autoradio, reißt alte Witze, hängt sich ans Handy, erkundigt sich bei der Zentrale, spricht mit Kollegen und Frauen und weiß: eine Schranke im offenen Land, das zieht sich hin.

So erreicht die Geschichte den springenden Punkt. Man erhält die letzte Gelegenheit, auszusteigen, in der Steppe unterzutauchen, im Gras zu verschwinden, danach ist das Feuer aus, RIEN NE VA PLUS, und man läßt am Ort geschehn, was am Ort geschieht.

Die Zeit vergeht und so weiter, steht still und so weiter, steht still und geht weiter.

Jenseits der Bahnstrecke schwillt ein Dröhnen an, vibriert in der Erde, erschüttert die Luft. Ein Geschwader von Apparaten erscheint im Tiefflug, spuckt Glut & Eisen und wendet in weiter Schleife – der Konvoi wird in sieben Attacken zusammengeschossen, durchlöcherte Lieferwagen, zersiebte Kollegen, das krümmt sich in allen Lagen, verblutet und stirbt. Man hat sich zur Seite in den Graben geworfen, von Dreck und Blut verschmiert, mit pfeifendem Atem, unterm Schwergewicht zweier Toter lebendig begraben – so erlebt man den Sturm und die Stille danach. Die Zeit setzt aus und so weiter, setzt aus und hinkt weiter, dann glaubt man, ein Klingelgeräusch vernommen zu haben, metallenes Krachen und Schlacker und begreift, daß die Stümpfe der Schranken in die Höhe gehen.

Zeit, davonzumachen, mein lieber Mangeboue.

Man hebt den Kopf, drückt die kalten Kollegen zur Seite, kriecht auf den Rest der Straße und zwitschert ab – aber langsam, geräuschlos, auf knickenden Beinen – und fragt sich, man liegt im Gebüsch versteckt, wer denunziert oder wer die Attacke lanciert hat – man wird den Lumpen ersticken in Schlamm und Salz.

Langsam, langsam. Der Reihe nach.

Man denkt, beflügelt vom Hellen Geist, an die Anfänge seiner Zeit zurück, als man, erschöpft vom Spießrutenlaufen, ein Taxi erwischte und in die Zukunft fuhr – ohne Geld um drei Ecken gefahren wurde – dann rausgekegelt, verschlakkert von Fäusten und Stiefeln, verrammt, zerschrimmt, enthäutet, und man blieb liegen, bis die Zeit zu krepieren vergangen war und drei Polizianten der aktiven Sorte – und auf die Beine gekitzelt und ab in den Knast.

Man kommt wieder zu sich, erfrischt von Wasser und Suppe, Wassersuppe und Schaben in Sülze, und wird unterzogen – was heißt UNTERZOGEN –, Verhören und Foltern ausgesetzt, zur Entzugserscheinung des Daseins heruntergepeinigt, von Luft- und Atemödemen in Koma versetzt, und kurz vor Totalabgang dem Gesetz überstellt, verkörpert von Anwälten oder dergleichen – was heißt dergleichen in diesem Fall – ein paar Untote oder dergleichen abzüglich dessen, was der Helle Geist damit in Verbindung brachte –, und versucht sich in Antworten auf die Frage: Deine Lebenserlaubnis, p'tit Mangeboue – na los, was hast du mit ihr gemacht, an wen verscherbelt oder wo versteckt, wer geht mit ihr hausieren und lacht sich tot? Hat man sie aufgefressen in dem Fall? Runtergeschluckt und rausgeschissen? Hat man? Hast du? Und lacht sich tot!

Keine Antwort. Keine Antwort? Die Zeit versickert, versickert, setzt aus und kommt wieder. Steht still und geht weiter, die Antwort bleibt aus und die Frage, immer dieselbe, ist das Fallbeil über dem halbtoten Kopf.

Dafür ist sie da, die Geschichte, sie bleibt in Gang – und wird weitergeführt, auf eine Weise, die dem Finsteren Geist alle Luft aus dem Segel nimmt, und an ein Ende gebracht, das den Aufwand lohnt.

Die Zeit vergeht, dann kommt schon der Morgen – warum der Morgen, man erwartet keinen –, man wird aus der Zelle in die Freiheit gestoßen und behält ein Papier, das man bei sich trägt. Das Papier erlaubt, was erlaubt das Papier – auf jeden Fall ein Papier, das etwas erlaubt, nicht gleichzusetzen mit LEBENSERLAUBNIS, doch vorübergehend berechtigt, man wird berechtigt – sofern man – es gibt Bedingungen, die man erfüllt – oder nicht erfüllt, in dem Fall ADIEU! – ein Papier mit Bedingungen, die man erfüllt. Damit steht man auf der Straße, p'tit Mangeboue.

Langsam, so schnell geht kein Feuer aus.

Man steckt nicht von ungefähr in dieser Geschichte, sie verschafft einem Bruderleben Raum und Zeit. Sie stellt den Beteiligten, der im Fettnapf sitzt, im vermeintlich Aussichtslosen herumlaboriert, in das offene WEITE FELD einer Zukunft hinaus. Die fehlende Lebenserlaubnis ist keine Hürde, kein Stein auf dem Herzen, kein Brandmal am Hals. Man versucht sein Glück auf neuen Bahnen, im Vergnügen der Hochstapelei, man beglaubigt sich selbst.

Die Frage lautet: WOHER MIT DEM GELD.

Es ist jene immer gleiche Frage, die zu allen Zeiten gestellt und beantwortet wird, und das heißt: beantwortet werden muß, und bei dieser Antwort zögert man nicht. Man begibt sich bei Nacht in den WIDERKÄUER hinunter, dort sind die lichtlosen Straßen, dead end und last exit, die Kontore, Bordelle und Hangars am Hafen, und die Bars mit der Kundschaft, die man sucht. Was hatte man sich unter ZUKUNFT vorgestellt, mit Hilfe des Hellen Geistes zusammengefiltert – Einbruch in das Haus eines schlafenden Herrn! –, wie problemlos schien man ein Dingdrehn zu arrangieren, wie glatt und fingerfertig, prompt und chic.

Langsam, hier ist nicht die Stelle für soap & tear.

Man steht am Tresen im VIEUX BÂBORD – Räucherofen aus Fusel, Schweiß und Qualm – und kommt ins Gespräch mit einigen Stiefbruderleben, die gerne glauben, daß die Moneten fehlen und jeder Job persönlich in Frage kommt. DER CHEF ENTSCHEIDET und man wird abgeführt, durch geräuschlose Hinterflure in ein PRIVAT, wird zusammengeschlagen wie oft und immer mal wieder und liegt, als man zu sich kommt, auf dem nächsten Sessel, einem kalten, scharfen Schneiderlein gegenüber, wird von ihm fixiert, taxiert, examiniert – auseinandergenommen und wieder zusammengeschmissen – und geht in derselben Nacht AUF SPAZIERGANG mit.

So lernt man kennen, wozu man bestimmt sein soll, jene Rolle als Laufbursche oder dergleichen – was heißt dergleichen in diesem Job –, jenen diesbezüglichen Job als Sammelfaktotum, und hält AUF SPAZIERGANG eine Concierge in Schach.

> Illusionen! Illusionen!
> Auf die süßen Zuckerbohnen
> Hat man seinen Job gesetzt!

Der Traum vom radikalen Schnitt geht pleite, an den Computer kommt man nicht heran und nach dreißig Jahren nicht in das Internet. Und jene Superbetriebe – die wahren Giganten –, deren Chef kein Mensch zu Gesicht bekommt, erkennt man von fern als unerreichbar an.

Man sitzt in der anbestimmten Rolle, wenn man nachts in die Berge gefahren wird, von einem Chauffeur des Chefs, der der Aufpasser sein wird, und vor einem Châlet aus dem Wagen fällt. Alles dort oben ist Natur und Holz, Laub und Luft und Uferpromenade, ein langer blauer See zwischen waldreichen Höhen und ein frisches Holzhaus, um das man sich kümmern soll – das heißt, man besorgt den Totalanstrich des Palastes – dieser Datsche des Chefs, die zwanzig Räume umfaßt, mit Umlaufterrasse, Sauna, Garage und Bootshaus, sechshundert Meter Holzzaun und einer ESTRADE, sehr hoch und aus Hölzern, UM ÜBER DIE WÄLDER ZU SCHAUN. Der Anstrich liegt fertig gemischt in zweihundert Kanistern, ein STUDIO enthält alle Werkzeuge, Pinsel und Leitern, und der Arbeit, p'tit Mangeboue, steht nichts im Weg.

Während der Wächter sich die Zeit vertreibt, aus dem Bootshaus angelt, im Seewasser singt, den Wagen unter den Tannen im Auge behält, die Umgebung des Hauses nicht verläßt, doch für kalte und warme Mahlzeiten sorgt, die, da er sie selber ißt, ein Vergnügen sind, das einzige des zu Pinsel & Beize Verdammten – einer Beize, die in der Geschichte der Railway beim Streichen der Schwellen Verwendung fand, kann sein, daß der Hinweis stimmt, doch was nützt ihm das –, balanciert man auf der Verlängerung einer Leiter, Brille und Nasenbinde vor dem Gesicht, streicht dampfende Beize mit flächendeckenden Pinseln, gefangen in Feuergefahr und RAUCHEN VERBOTEN, stinkt, spuckt und hustet ohne ein Recht auf Pause, und kann auch an Regentagen kein Nickerchen machen, da das Dach, weit heruntergezogen, den Anstrich schützt.

Nach Wochen des Schuftens entnimmt man einer Bemerkung – der Wächter ist keine Seele, doch auch kein Unmensch –, daß der Anstrich zweimal wiederholt wird, dreimal das Ganze, bis der mögliche Winterfrost eine Pause verlangt. Ist die Arbeit getan, wird ausgezahlt.

Dafür ist er da, der Helle Geist, daß er die schräge Lage zur Kenntnis nimmt, und zuzuhören und umzudenken bereit ist und sich im nachhinein als Partner erweist, nachdem man sich anderer Geister da draußen erwehrte, von Totschlag Abstand nahm und den Mord besiegt. So schuftet man Kohle ran, für den Paß, der fehlt. So beschafft man sein Schwarzgeld für die Identität.

Doch wird man es einmal satt, sich ins Zeug zu legen –

warum denn, für wen denn, was hat man davon. Man hat, was man wissen muß, früh kapiert, und ist nicht gemacht für diese Art UNTERBAU. Ziel bleibt das schnelle und das große Geld, man verschweigt es nicht, betont es nicht und hält sich an Wert & Chance der eigenen Person, sie ist das wenigste, das man hat.

Nachdem man am Abend mit dem Wärter trank – und sehr viel weniger trank als er –, schlägt man dem Schnarchenden nachts ein Brett vor den Kopf, nimmt den Wagenschlüssel und das vorhandene Geld, das einen gewissen Anfang in Aussicht stellt, und macht sich mit Tempo aus dem Staub, fünfhundert Kilometer im Rest der Nacht. So handelt man gleichsam im Auftrag des Hellen Geistes und gibt der Geschichte den entscheidenden Kick.

Mit der Ruhe. Wer behauptet das.

Wer den eignen Vorteil im Auge behält, geht in die Metropole und dreht sein Ding. Man vertauscht, wenn man Glück oder Pech hat, ein Land mit dem andern, lebt unter wechselnden Namen und klaut sein Holz. Man setzt sich ab, taucht auf in ganz andern Regionen, egal wer man war oder sein wird, und haut den Floh. Man schiebt wie der Mistkäfer eine ruhige Kugel und trifft sich mit alten Kollegen mal hier, mal dort.

Die Zeit vergeht und so weiter, steht still und so weiter, und man landet billig in einem Hotel, das unberufen und still zwischen andern verschwindet, in der Nähe des Schlachthofs, und mehrere Ausgänge hat – der gepackte Koffer steht griffbereit hinter dem Vorhang –, und will endlich an die gefälschten Papiere ran. Das Geld ist da, man hört sich im Zwielicht um, und wird verwiesen an eine Nummer, eine Stimme am Telefon, die den Zeitpunkt bestimmt und eine Adresse in den KINNBACKEN nennt. Man geht die letzten paar hundert Meter zu Fuß und betritt das Büro einer Abdeckerei. Das Gelände besteht aus Containern und Silos und stinkt. Täuscht man sich, oder war man schon einmal hier – ein Verdacht, ein Schwindelgefühl, das schnell vergeht. Ein Gehilfe erkundigt sich, man wartet und raucht, dann tritt der Kleemeister ein mit gewaschenen Händen – der Kafiller, der Schinder, der Blutige Boll –, drei Sätze genügen, man bringt ein paar Fotos mit – aufgenommen in einer Box auf dem Bahnhof –, die Hälfte des Geldes geht über den Tisch, und nun fehlt noch der Name, an den hat man nicht gedacht. Wie kommt man an einen Namen in der Eile, in der Kadaverluft, während der Hehler wartet und das Geld in der Schürze verschwinden läßt. Wie will man heißen, wie heißen denn andre, wie läßt man sich begrüßen, wie wird man verflucht. Und der nächtliche Name im Bett, wo kommt der her. Wie ruft man andre und Fremde, die man meint. Man hieße besser Namenlos, Nicht und Nein – erst wenn er groß rauskommt, ist der Name gut. Man lebt zu lang mit demselben Namen – klebt auf Schnauze wie Etikett –, man will keinen Namen. Man überläßt das dem Hehler, der kennt sich aus. Soll der Fälscher die Daten einsetzen, Nation und Adresse, es bleibt sich gleich, ob man staatenlos ist oder Türke, im Winter geboren, und Wohnsitz in Moskau hat.

Wer den eignen Vorteil im Auge behält, eröffnet einen Vertrieb für gebrauchte Computer, für den Fall, daß den Hintergeschäften Unrecht geschieht, nur für den Fall, daß das schnelle Geld nicht klappt – was eher unwahrscheinlich wäre, denn man baut ein Lebenswerk nicht auf Sand. Mit Vorsicht setzt man seinen Ponton auf das Wasser, wo die Strömung gemäßigt ist und das Ufer nah.

Man hat den persönlichen Stil und ein paar Manieren, damit kommt man hin, damit drückt man sich aus, auch wenn man tanzt wie der Bär auf Kohlen und das Englische nur als Pidgin gebraucht. Man versteht vom Filieren und Volten mehr als genug, hat Poker verinnerlicht und beherrscht Roulette. Alles andre und dergleichen – was heißt dergleichen in diesem Fall – jene gute alte Absicht des Hellen Geistes, von der, man erinnert sich, die Rede war – der Überbau, der gesellschaftsfähige Mensch – was heißt ÜBERBAU, DER GESELLSCHAFTSFÄHIGE MENSCH – man hat, was man braucht, und beschafft, was fehlt, da bleibt für den Überbau keine Zeit.

Verschwindend wenig Interesse für Überbau. Da man doch günstig zurechtkommt mit seinesgleichen und nicht nur mit Banditen am Tresen steht. Der honorige Menschenbruder ist eine Pfeife, und der Finstere Geist bläst Hohn & Schmäh.

Man leugnet nicht, daß die Lage mal anders war, in den unvordenklichen Zeiten der eignen Geschichte, im tiefen Vormittelalter der Karriere – oder hat man geträumt, den Hellen Geist betrogen –, als man Handlanger war im ONE WAY ENTERTAINMENT und mit den größten Eseln im Sessel saß. Man weiß nicht wohin damit, doch das ist vorüber – eine Episode, ein Comic, ein alter Schnee –, und blickt entspannt in jene Epoche zurück. Es war die Große Zeit der Sausen & Orgien, die Anlässe fielen vom Himmel in alle Nächte, ein ERFOLGREICHER ABSCHLUSS wurde zum Vorwand genommen, die Säue einzufangen und abzulassen, was mit immer gleichem Temperament geschah – es mußten Sessel und Zigaretten her. In eng zusammengerückten Sesseln, in Foyers und Clubräumen voller Sessel – ausladendes Sitzzeug, mit Wolle und Kunststoff gestopftes, von Federung prall gespanntes, aus Plastik und Leder, Krokodil und Hase und Ungenanntem, Gesäßlast – Lager und Kissenburgen – für das uneingeschränkte Wohlsein der Stiefbrüder-Mannschaft – und Zigarren, Zigarrenkisten und Cigarollen, der dicke Raketenstab, der gemütliche Stumpen, die in jedem Fall stärkste Rekord- und Triumphtabaksorte – o Sumatra! Brissago! Brasil! Ha-

vanna! – man qualmte, schlotete, dampfte und würgte, erstickte um die Wette in luftleeren Schwaden, schwitzte Gift
und Frohsinn gemeinschaftlich und gemeinsam – genußin-
tensiv wie kein Männerchor, keine Sauna – und stopfte die
Reste in Kissenritzen der Sessel, die speicheltropfenden, stinkenden, glühenden Stümpfe, und setzte die nächste Bombe in
Brand, wider das Große Erbrechen, mit grüner Visage – so
konnte es passieren, wie soll man sagen – daß der eine und
andre Sessel Feuer fing, im Schwelbrand sich erhitzte, in
Flammen aufging, und am besten gelöscht worden wäre womit – das Feuer freute sich über Bier aus Gläsern, Cola aus
Flaschen und Taschentuchlappen, überstürzt in die Glut ge-
stopft und schnell verbrannt. Man riß Schlipse und Jacken
runter und schlug auf die Flammen, verhöhnt von Funkenre-
gen, Gestank und Geprassel, ließ glühende Sessel zurück und
verkohlte Lokale, trug angesengte Damen durch Rauch ins
Freie und genoß die Komödien der erhellten Nacht.

Dafür ist er da, der Helle Geist – wie auch der Finstere,
unberufen –, daß er Vorfälle solcher Art nicht nur negativ
wertet, und Nebenwirkung und Folgen nicht überschätzt.
Was passieren mußte, passiert, kein totaler Schaden, man hat
sich amüsiert, stellt die Spesen in Rechnung und wendet sich
neuen Schauplätzen zu.

Die Geschichte läßt liegen, was ihr nicht weiterhilft, stößt ab
ohne Skrupel, was ihren Flug beschwert, und man kehrt ani-
miert in die Karriere zurück. Die Zeit vergeht, verging, stand
still und ging weiter, wie gewohnt und weiter, und man findet
Gelegenheit, eine Summe zu ziehn.

Mit der Ruhe. Was heißt SUMME ZIEHN.

Summe ziehn heißt, man hat ein paar Wege begangen, eine
Strecke zurückgelegt und sieht sich um.

Man bewohnt einen Bungalow mit Garage und Rasen, unterhält eine Haushaltshilfe und wechselnde Damen und steht wohlauf, wohlab auf eigenen Beinen, obwohl man im Swimmingpool eines Nachbarn plätschert und im eigenen Wagen zu den Schauplätzen fährt. Wie gesagt, man stand nicht nur mit Banditen am Tresen, man sah sich nach passender Gesellschaft um, nicht ganz ungeschickt bei der Wahl zukünftiger Partner, und pflegt eine Entourage, die sich sehen läßt. Man trifft sich regelmäßig mit Ferdl Möller, einem Träger des Eishockey-Clubs, im PARKHAUS am Wasser, in der Absicht, ihn auszuhorchen, und horcht ihn aus, und mit Dr. Weichensteller aus ähnlichen Gründen, Manager jener BESEN- UND BÜRSTENMESSE, die alljährlich im Sportpavillon Rekorde macht. Beliebt sind die Abende bei den Wolters draußen, mit Faßbier und Steak auf der offnen Terrasse im Garten, man bringt mit, wen man will, kommt aber allein, bleibt doch besser beweglich für den Fall, daß Bekanntschaft gemacht werden kann mit diesem und jenem, oder einer Dame, die man beschwingt unterhält, zu weiteren Drinks überreden kann, auf langsamen Promenaden am Fluß begleitet, mit dem Schirm im Gewitterregen nach Hause bringt.

In nicht wenigen Fällen kommt etwas zustande, das über die Nächte hinaus zum Anlaß wird – ein Kontakt, ein Geschäft, eine nette Romanze – wie jene mit Miss Ter Vladen, die dazu führte, daß man im Süßholz steckenblieb – runde Brüste, bewegliche Hüften, zähe Strapaze, zu lange Weile – die mehr Geld als Romantik verbrauchte und Zimt hinterließ, vierhundert Telefonate und keine Piepen, frostiges Luder, smart wie man selbst.

Eine Untiefe, die man leicht verläßt, noch leichter zurückläßt, wenn eine Dame hilft. Sie ist etwas Ungezähmtes aus Pago Pago, Attraktion aller COME & STAY im Widerkäuer, Tanz- & Tingelkatze in allen Schuppen, schwarze Pandora mit CHEVELURE, und Duft und Geflüster, wirft jeden Freier

um. Man hält sich zwei halbe Tage an ihrer Seite, zwei ungefähr halbe Nächte in ihren Kissen, steckt ein halbes Vermögen in ihren Ausschnitt, macht, daß man da rauskommt, und
atmet durch, hängt morgens im SIERRA LEONE, fassungslos
lächelnd, und schläft über einem Mokka ein.

Ein Zwischenfall, irritiert den Gentleman nicht. Es fehlt
ein Heller Geist, der die Lampe trägt, doch beschreitet man
seine Wege auch ohne ihn. Die Geschichte ist dazu da, das
Geschehen zu ordnen, die Falle, in die man da trat, aus dem
Weg zu räumen, und dafür zu sorgen, daß man – als Motor
des Ganzen – auf seine Kosten kommt und vor allem dann,
wenn man Pech hat und auf dem trocknen sitzt.

Daß man dort festsitzt, ist nicht vorgesehn, und man kehrt,
wie so oft, in die Gesellschaft zurück, trifft sich mit Journalisten und Clubmitgliedern, Vertretern, Designern und Wa-
genhändlern, und andernorts mit Don Fischdieb und Uhl
dem Floh. Man kennt Handy Baff aus dem Vorstand der
Mahler-Gesellschaft, und den alten Müller-Bergson nur als
Mäzen, distanziert sich von Tobytop aus guten Gründen, hält
Abstand zur Tour de France und meidet den Hot-Club,
schläft lieber nicht mit den Töchtern des Dr. Badone und behält in dieser Hinsicht ein weißes Hemd.

Der private Umgang ist vergleichsweise harmlos, vom
Mehr- oder Weniger-wert der Erfolge getragen, obwohl eine
Dame nicht immer Vergnügen bereitet und die Anwälte, die
man bezahlt, keine Priester sind. Die Geschäftsbeziehung
gleicht einem rohen Ei, das im Schnellauf auf einer Gabel getragen wird.

In diesen vergleichsweise ruhigen Wochen nimmt man
gern an PRIVATEN FÜHRUNGEN teil – direkter kommt man
nicht an die Sachen ran –, besichtigt Museen für alte und neue
Künste, die Alarmanlagen und auch die Bilder, und nimmt

von der Sache einen Eindruck mit. Eine PRESSEFÜHRUNG nur für Kollegen, in gediegener Camouflage zusammengeschlichen, ein Ehrenmann hinter dem andern, beachtete Namen – Tomtom der Eimer und Pic Montemago –, geht durch die Besitzungen eines Show-Unternehmers – Gilbert Ziegel selig, Besitz seiner Erben – die Gewächshäuser und die Jogging-Anlagen, der See, der Court, der Ground und die Sommerhäuser –, bewegt sich stumm durch teppichverhängte Hallen, Bibliotheken, Privatkinos, Arbeitsbereiche, von der Enkelin des Giganten dezent beplaudert, eine folgsame Formation raubsüchtiger Luchse, behält die Optionen für sich, simuliert Notizen, nimmt von der Sache einen Eindruck mit – überlegend, beflügelt, für alle Fälle – und erhofft im stillen dies und das. In der Bar des JONGKING redet man noch darüber, wird aber nicht deutlich und verschwindet bald.

So führt man im sichtbaren Raum und im Unsichtbaren, in Höhenlagen und Unterkellerungen, ein nicht immer geregeltes Dasein zu neuer Gewißheit, steht eine Weile schon auf einer Stelle, die nicht länger im unklaren liegen soll und – nicht zu spät – in das Zentrum der Wahrnehmung rückt. Es ist die alte Geschichte CHERCHEZ LA FEMME, in der man lange genug seine Rolle geplustert, seine Chancen jongliert, ein Comeback nach dem andern versucht hat – nach alledem glaubt man, eine Erfahrung zu haben, und gelangt von selbst zu der Überzeugung, daß die Hörner abgestoßen sind. Man braucht jetzt was Attraktives für die Fassade, bereit, ein gewisses Gleichmaß auf sich zu nehmen, und macht in der Absicht, sich zu entlasten, den entscheidenden letzten und ersten Schritt: man tritt in ein ausgewognes Verhältnis ein.

Die Dame schien dazusein, bevor man sie wahrnahm, sie liegt eines Morgens nackt im Bett – man säuft sich auf einer Feier unter die Tafel, wird von der Fremden in die Höhe gezogen und in ihrem Wagen nach Hause gebracht, in das eigene Bett und liegt dort neben ihr – eine Rekonstruktion, an die man sich hält, obwohl der Ursprung der Sache im dunkeln bleibt.

Man lebt nun im Schutz einer stark entschlossenen Schönen, rundum entlastet von Sorgen, die keine waren – als man noch solo seine Jobs hantierte –, auf entzückende Weise umzügelt und unterwacht. Man erfährt durch sie, nur durch sie, jene WAHRE LIEBE, die man nie vermißte, an die man im Traum nicht dachte, die alles nimmt und gibt, was man nicht verlangt. Ein Molly Mäulchen ist diese Gespielin nicht. Sie ist auch kein blauer Engel oder dergleichen – was heißt dergleichen in diesem ADAGIO –, als sei man ensemble EIN KERN IN REIFER FRUCHT, beseelt von den Wärmegraden der Intimität, ihren Flötentönen und ihrer Treue, ihrer Doppelhinwendung zu Job & Kohle, den Idyllen einer beschlossenen Zukunft, ziemlich Kultur und weiße Wäsche – o Heller Geist, hat er dieses Bild entworfen? Dies Kuckucksei gelegt? Dies Glück gestellt? Ist die Geschichte dazu da, in ihr nach Luft zu schnappen und abzuschalten, in süßer Resignation vor die Hunde zu gehn? Man hat ein festes rundes Fleisch im Bett, und kann mit ihm nicht machen, was man will – das kommt dazu, es kommt genug dazu – und dauert, nach allem und einem Jahr, zu lange, es dauert zu lange, hält an und dauert, das klebt auf zähem Leim und kommt nicht fort – mit einem Satz: man hat es langsam satt. Für diesen Überbau ist man nicht gemacht. Man will wieder saufen, ludern, vögeln, einsam Knete machen und Sau ablassen, und überhaupt, man muß da raus.

Die Chance ergibt sich nach einer Verfolgung, im nächtlichen Schneesturm auf der Autobahn – drei brennende Limousinen, verkohlte Gestalten, Polizianten und Schurken nicht zu unterscheiden, man selbst sitzt unverletzt im gestohlenen Lancia – der eigene Wagen verkohlt im Schnee – und macht sich, umsichtig fahrend, auf Hinterstraßen – durch immer tieferen Schnee – und setzt sich ab. Aus Gewohnheit trägt man Papier und Moneten im Gürtel, es ist kein Kapital und noch kein Vermögen, kommt aber als Grundlage in Betracht, wofür. Eine neue Identität, das wievielte Papierchen, man verkauft den gestohlenen Wagen zu mittlerem Preis, hat Handgeld genug für Bestechungen und dergleichen – was heißt BESTECHUNG in dieser Klamotte –, für die Auslagen eines lebendigen Toten, dessen Nahziel es ist, im Ausland verschwunden zu sein.

Hier könnte die Geschichte ans Ende gelangen. Der Schuft taucht unter, man kann für ihn hoffen – WER WIRFT DEN ERSTEN STEIN? Er wird nicht geworfen –, Schlamazel ohne Pointe, kein Fall für sich. Dazu ist es zu früh, der Bandit soll leben, er wird im Auge behalten und vorgeführt.

Zu Fuß im Schnee, das ist man nicht gewohnt. Die KALTEN FÜSSE hat man schon gehabt – die nackte Angst, doch nicht den Schnupfen – und wußte auch und konnte riechen, daß die Natur vorhanden war, doch nie so dunkel, kalt und unzugänglich, so grausam feucht wie nachts um zwei. Der Schlepper geht im unbetretnen Schnee voraus, Stock, Hut und Rükken, keine Stimme, man tritt in seine Stapfen, denn das wird verlangt, der Schnee ist tief und naß und knarrt bei jedem Schritt. Man hat bezahlt, man friert, da kann man nur noch hoffen – und beten oder singen, wenn man wüßte, wie das geht –, der Wald ist schwarz und eng und zieht sich hin, die Grüne Grenze liegt im Dunkeln, die Zeit vergeht, vergeht, steht still und weiter, steht still und weiter –
– man kommt wieder zu sich, wacht ungefähr auf, kommt schwach und schräg auf die Beine und sieht sich um.

Die Zeit scheint in Gang zu kommen, sie geht wieder weiter, man steht im Schnee voll Blut, die Stelle ist zertrampelt, es führen Stiefelspuren durch den Schnee, Blut klebt in Mantel, Schuh und Haaren, auf dem Gesicht in trockenen Krusten – kein totes Tier im Schnee, kein fremdes Blut, es ist das eigene. Nie war der Helle Geist so fern und dunkel. Man tastet sich ab mit klammen Fingern, hat ungefähr alle Glieder und kann sie bewegen, der Schmerz bohrt im Hinterkopf, spitz und übel, dort hat er seine Wunde, die hält er fest. Schmerz hat Wunde, bohrt, steht still und weiter, steht still, bohrt weiter.

Das Land ist flach und weiß, vor einem Wald voll Schnee, in welchem Land. Man hört Geschrei von Krähen, falls man Krähen hört, bohrt, kracht, steht still und weiter, kracht und weiter. Man folgt der Spur vom Wald weg in die flachen Hügel, erreicht die Straße frei von Schnee, rutscht über spiegelblanke Katzenköpfe, egal wohin. Egal wohin – die Luft ist grau und ohne Richtung, der Himmel tief und hängt voll Schnee – Schnee, nicht der erste, nicht der letzte – man lernt ihn kennen, wird ihn noch erleben, und steht, bevor man stürzt, auf einer leeren Kreuzung, vor weit und fern im Schnee verstreuten Häusern, hört Krach von Hunden, falls man Hunde hört, und tritt durch eine Tür in einen Flur. Es kommen Leute, Kinder und dergleichen – was heißt dergleichen im geheizten Haus –, Geschwisterleben, die mit ihm sprechen, man kann sein Blut vorweisen, es wird geglaubt.

So kommt man in die Stube, auf einen Stuhl.

Ist man im Ausland, nicht im Ausland. Die Sprache ist bekannt, die Suppe dampft, und Land und Ausland sind egal. Man wäscht Gesicht und Hände, zieht die Schuhe ab, wird scharf im Licht betrachtet und muß reden, das heißt, erfinden – irgendwas erzählen – ein Schauerstück aus Unschuld und Verbrechen – erfrorenen Füßen – leerem Magen –, und merkt sich, was man sagt, und bleibt dabei, auf offener Straße überfallen – Viehdiebe, Krattler, Landpiraten – wird in den Schnee verschleppt und ausgeplündert, die Bande lacht sich krumm und haut im Wagen ab. Man ist kein Steckbrief-Kopf, da kann man reden, und macht sich unbescholten wie noch nie, ein Lebenslauf zum Staunen ehrenfest, von Gott gewollt –

So wird man an die Polizei verwiesen, Anzeige machen und dergleichen, ein schönes Suchbild auf Papier erfinden – wenn man nicht laufen kann, wird man vom Sohn gefahren – das schlägt man ab, man schafft es noch zu Fuß, läßt sich den Weg zur Polizei beschreiben, und dankt und sucht das Weite fern im Schnee. Nochmal Glück gehabt und davongekommen. Ein fußkaltes Leben steht bevor, von Besorgnis trübe und in die Länge gezogen, und an Vergnügen kommt nichts dazu. Man umschleicht bewohnte und leere Häuser, bricht Schlösser, Riegel, Haken auf, dringt lautlos ein und macht sich still zu schaffen – den Job als Tag- und Nachtdieb braucht man nicht zu lernen –, räumt ab, was in die Taschen paßt, zieht fremder Leute Kleider an, spürt kleines Geld in Küchenschränken auf. Die Zeit vergeht von Tag zu Tag, von Nacht zu Nacht, man sucht begangne Wege, meidet glatten Schnee, schläft unterkühlt auf Stroh und Brettern, wird grau von Mohrenwäsche schnell im Schnee und gleicht dem Wiedergänger eines Irren. Man kennt sich nicht, erkennt sich nicht, hat nicht danach gefragt und fragt sich nicht. Der Spielraum schrumpft, Mangeboue, zieht sich zusammen, und ist die Schlinge um den mageren Hals. Der kleine Schnupfen wächst sich aus, den großen Husten wird man nicht mehr los, und spuckt und fröstelt, schluckt und fiebert, und was man sagt – man schweigt nicht immer, man redet mit sich selbst in dunklen Tönen –, kratzt in der Kehle, ätzt den Schlund.

Dafür ist sie da, die ganze Geschichte, sie gibt dem Schwankenden einen Halt. Sie begnügt sich nicht mit dem bekannten Satz – MAN WÄRE BESSER NICHT IN DIE LAGE GEKOM-

MEN – und nimmt sich auch weiter des Obdachlosen an. Sie organisiert, was an Nahrung und DALLES gebraucht wird, weiß um das Fehlende und setzt es ein. Sie verschafft die Erleichterung und den Trost.

Zur Zeit, wenn der Schnee schmilzt, kommt man in eine Stadt, hinkt übern Bahnhof, döst im Wartesaal und stößt auf den Richtungsweiser BAHNHOFSMISSION. Das ist es, das scheint gefehlt zu haben, das kommt noch dazu. Weil man glaubt, sich an irgendwas zu erinnern – BAHNHOF kennt man, was heißt MISSION –, geht man mal hin und steht in einer Baracke, unter Stiefbruderleben und seinesgleichen, als habe man nichts mit sich zu tun, wird aufgegriffen von PERSONAL und auf die Bank an den Tisch gesetzt. Dort sieht man gegenüber in floppe Visagen – Bärte, Säufernasen, faule Zähne –, dort hört man die eigne Geschichte mit andern Stimmen – kalte Füße und große Schnauzen, Rotzlöffel, Windbeutel, BEGGARS ALL. Suppe und Brot für den Tag, für die Nacht eine Decke, für den Morgen Gebet und Gesang, für den Abend dasselbe, und allzeit Frieden und Bescheidenheit. Hier ist kein Platz für einen Hellen Geist. Der Mensch ist hier ein Suppeschlürfen, ein Haufen Schlaf auf einer Pritsche, ein Bart voll Gotteslob, ein müder Krächzer, ein Seitenblick aus Hohn und Mißvertrauen. Er ist ein Handgriff in des Nachbarn Tasche, ein Bierdunst, eine Krätze, ein HAU AB! Hier geht kein Engel durch den Raum, hier ist ein PERSONAL mit Aufwischlappen, und die Barmherzigkeit wird streng verteilt. Was will man noch – seitdem man Flöhe hustet, ist jedes Bruderleben eine Wärme und ein Tabak des Menschen Überfluß. Man ist ein kurzer Gast und wird nicht bleiben – und wo man eingesperrt wird, eine Ratte, die anfällt, beißt und Blut verschmiert. Man ist auf dem Bahnhof in guter Gesellschaft. Der Bahnsteig ist ein Wandelgang im Trocknen, ein Steg mit Sitzbank, eine Promenade. Man geht und steht herum wie jeder, trägt aber kein Gepäck und keine Zeitung, steigt aber in den Zug und hat kein Ticket und keine Lebenserlaubnis oder dergleichen – was heißt dergleichen in diesem Zustand – unbestätigt, nicht verlängert – Mangeboue, in welchem Licht erblickt man sich – vor der Zugfensterscheibe ein Typ mit Schatten, ohne erwischt und rausgeschmissen zu werden – verhört, befingert, verdächtigt zu werden, überstellt zu werden an den Finsteren Geist, der Paragraph und Tote Seele heißt.

Wiedermal Glück gehabt und davongekommen. Das fußkalte Leben scheint sich zu erwärmen, man ist im Hinterland aus dem Zug gestiegen, ein grauer Schnee zerfließt im Licht. Der Hunger stellt sich ein, er bringt nichts mit – man denkt noch an die Großen Tage, als man mit Bruderleben fraß und saufte, nicht nur mit falschen Kunden am Bâbord. Man schlurft durch Lärm & Menschen einer Siedlung, sitzt ab im Park und lauert dort auf nichts. Die Zeit vergeht, sie läßt den Hunger warten, legt Raub und Totschlag an die kurze Leine, und das ist alles, was passiert, und alles, was man nicht erwartet, und alles, was man mitbekommt. Man merkt auch, daß ein Kind gekommen ist, steht still im Park mit einem alten Hund, geht langsam weiter und der Hund bleibt da. Er legt sich auf die Schuhe, die man trägt, sofern das Schuhe sind, was man noch trägt, und lauert dort und schläft und weiter nichts. Dann geht man langsam weiter und der Hund kommt nach. Man droht mit Steinen, doch das Tier bleibt da und wird beim langen Laufen immer älter, bis es so alt ist, daß es nur noch hinkt – ein Überleben wie man selber, das man erträgt und füttert, wie es kommt. Nichts kommt, nichts überrascht, nichts wird gefüttert. Die Zeit vergeht in einer Nacht im Park, steht still die Lange Nacht, steht still im Park. Als man erwacht – der alte Hund liegt auf den Schuhen –, ist nur ein Tag da und das Licht von gestern, ein Wetter ohne Sommer und dergleichen, ein Hund, der Freßlust hat und keinen Namen.

Man hat die Bank verlassen und durchquert den Park, gefolgt vom Hund, beschäftigt mit der Frage, woher man Kohle schnappt und was zu fressen – da rempeln sieben Typen in die Quere, Schlag vor den Latz, paar Tritte in die Weichen, was auf den Kopf, eins in die Fresse, man dreht sich in der Luft, dann kippt man um. Und weiter geht's und man hört HUN-DEDIEB!

> Du hast den Hund geklaut! Den Hund geklaut!
> Na los! Den Hund, den alten Hund geklaut!
> Dreckseggel! Faule Beule! Hundefresser!

Das Blut quillt aus der Nase in die Lippen, dünn, schwarz und salzig, eine heiße Menge – man gibt es ab, Mangeboue, man läßt es fließen, die schwache Nässe trocknet schnell, die Erde auf dem Parkweg nimmt es auf – man hat genug davon, man kann auch geben. Der Hund ist weg, wohin man blickt. Mit halbem Auge sieht man seine Schläger – das sind doch Menschen ungefähr, Rotzbengel, Hornhautköpfe, Kinder oder was – was heißt hier Kinder oder was – das haut ihm noch mal eine rein, das lacht und man bleibt liegen, wo man blutet – man liegt im Park, der fremd ist wie das Wetter, und das ist alles, was man mitbekommt.

Dafür ist sie da, die ganze Geschichte, daß sie was anpackt und in Aussicht stellt, den roten Faden neu entrollt, das Schlamazel aufputzt und den Sinn erklärt.

Zu spät, Mangeboue, der Tag ist, was man findet, und alles Gute, das man mitbekommt.

Der Zustand raubt die Kraft, kein Glück hilft weiter, man hat noch Staub im Sack und zählt zusammen und kommt auf neunmal nichts und dreizehn kleine Piepen. Was hat man sich denn vorgestellt, Mangeboue – ein unentdeckter Zauber in der Tasche, aus Staub wird Gold und man geht klimpern! Aus diesem Zustand hilft kein Heller Geist, doch scheint der Zufall was gemerkt zu haben, als man am Rand der Straße steht und fragt, wie man sich auskuriert und wo man unterkommt, solang man lebt.

Ein Wohnmobil hält neben ihm – ein alter Ausflugskasten und acht Leute –, man wird gefragt, warum man und dergleichen – was heißt dergleichen in dem Zustand – vom Fleisch gefallen, unter freiem Himmel – der Fall ist klar und man steigt zu.

So wird man seine Sorgen los, Mangeboue. Man wird herumkutschiert und miternährt, gibt Auskunft mit erprobten Sätzen, hört an, was nette Leute dazu sagen, begleitet neidlos ein Familientreffen, mit Kindern, Eltern, Onkeln und dergleichen – was heißt dergleichen, Neffen und Cousinen – ein kleines Mädchen füttert ihn mit Keksen – und sitzt bequem auf einem Fensterplatz. Da man viel Zeit und Schlaf hat, kommt es nicht drauf an. Da man kein Ziel mehr hat, bleibt nichts zu tun.

Am ersten Abend platzt ein Reifen, am zweiten Morgen der Motor – ein Chaos Öl und Schmiere, Dampf und Sprudel, auf einer Schotterstraße irgendwo. Was kann man tun, als Gast hat man zu danken, schließt sich den Männern an und schiebt den Kasten – und schiebt, steht still und weiter, schiebt und weiter. Am dritten Morgen schieben auch die Frauen, das Mädchen darf am Steuer sitzen und hält die Pleite für ein Spiel. Der nächste Reifen platzt, es ist ein Spiel. Wer nicht mehr schiebt, weil ihn die Kraft verläßt, ein schwaches Herz bedroht, ein Rheuma plagt, legt sich in das Mobil und läßt sich nicht mehr sehen.

So kommt es, daß nicht mehr geschoben wird, das Wohnmobil ist wieder voll, man findet keinen Grund mehr, dazubleiben, und geht auf leeren Feldern weg. Das Mädchen läuft noch hinterher, dann bleibt es stehn, dann kehrt es um.

Auf allen vieren kann der Mensch nicht gehen – das stimmt, man hat es ausprobiert. So geht man schief zum Himmel aufgerichtet und setzt die Füße, wie es kommt. Der Stock, den man gebraucht, ist gutes Holz, er hilft dabei, die Füße aufzusetzen – und abzuheben, wieder aufzusetzen –, den Kopf zu tragen und was übrig ist, der Helle Geist gibt nichts dazu. Der Schlaf ist eine Hoffnung, der man glaubt, die Zuflucht langer Tage und bei Nacht ein Schnarchen, dem man sich anvertraut, bedingungslos, und überläßt, was man vielleicht noch hat – man schätzt nicht ab, wieviel das ist, egal – man kriegt den Atem rein und wieder raus, und richtet seinen Blick auf Sachen in der Nähe – ein Stein, und noch ein Stein, dann eine Pfütze – was weiter weg ist, soll der Teufel holen, was man nicht riecht und sieht, macht keinen Hunger – egal, die Zeit fällt in das Frühjahr und der Tag ist kühl, Mangeboue – bevor der Regen kommt, hat man den Mantel trocken.

Bevor der Regen kommt, der Mantel trocken. Was man in seinen Taschen hat, warum man einen Handschuh findet, den einen und den andern nicht – egal, man wirft ihn in den Fluß. Als man schon lange weitergeht, entdeckt man was versteckt im Mantelfutter, und hält den andern in der Hand – egal, kehrt um und wirft ihn in den Fluß.

Dann steht man in der kalten Gegend und wartet, daß das Taxi kommt.

IV.

Nun zu uns beiden, spricht der Helle Geist, unsichtbar auf dem leeren Stuhl.

Hat man nicht alles zur Verfügung gehabt, um ein ungefähr glaubhafter Schurke zu werden – Gewissenlosigkeit, Ellenbogen, Entschlußkraft, Ehrgeiz, und die starke Überzeugung, in eigenem Auftrag zu handeln –

Das wird bestätigt. In Abrede stellt man das nicht.

Und in welcher Verfassung kommt man zurück, abgerissen und ohne Aura, ein Putzlumpen, namenlos –

Langsam. Namen? Man hat jede Menge Namen gehabt, außer Jesus und Mohammed ungefähr jeden, aber den Namen wird man schnell wieder los. Man macht sich ja keinen Begriff davon, wie schnell so ein Name zum Teufel geht. Einmal untertauchen und er ist weg. Zuletzt hat man keinen mehr gebraucht.

Man will ihm keinen Vorwurf machen, nur dem Erstaunen Ausdruck geben, daß man ohne Karriere kommt, keine Kohle mitbringt –

Was soll man dazu sagen. Man sagt nichts.

Es scheint nicht viel herausgekommen, wenn das der Wahrheit entspricht, was man da erzählt hat –

Was man erzählt hat? Was hat man erzählt. Überhaupt nichts entspricht der Wahrheit oder dergleichen, von einer Wahrheit hat man nichts gemerkt, das kam nicht vor, das hat man nicht gebraucht.

Wie gesagt, man macht ihm keinen Vorwurf, man äußert nur Erstaunen über den Zeitpunkt der Rückkehr, man ist, kaum rausgekommen, schon wieder da –

Man soll doch verdammt noch mal nicht vergessen, daß

man ohne Lebenserlaubnis – was heißt dergleichen in diesem Fall!

Man will ihm keinen Vorwurf machen, nur ein Erstaunen darüber äußern, daß man so bald zurückkommt, schon wieder da –

Da kann man nur fragen, wohin denn sonst.

Wie gesagt, kein Vorwurf und keine Frage – die Stimme des Hellen Geistes bricht ab.

Was ist denn los da, warum hört man nichts!

Die Stimme des Hellen Geistes ist verhallt. Im Raum kein Laut. Man hat den Nonsens nicht erfüllt – na und?

Der Helle Geist ist stumm, im Raum kein Laut. Zwielicht durchdringt die Stille, Fledermauslicht, doch eine Fledermaus ist nicht da. Totenstille, ein Toter ist nicht da. Die Zeit vergeht ohne Uhr, steht still und geht weiter. Steht still und geht weiter. Sie hat kein Merkmal außer dem Staub. Sie erschafft ihn, um etwas zu haben, das sie besitzt.

Man verläßt den Stuhl, geht durch den Raum, stürzt über die Tür am Boden und bleibt auf ihr liegen. Die Tür hebt sich vom Boden, der Länge nach, fliegt hoch und knallt in die Wand zurück. Man wird mit einem Stoß nach draußen geschmissen. Das Echo verhallt. Der Raum ist leer.

Inhalt